As três balas de Boris Bardin

Milo J. Krmpotić

As três balas de Boris Bardin

Tradução de
André de Oliveira Lima

TORDESILHAS

Copyright © 2010 Milo J. Krmpotić

Copyright da tradução © 2012 Tordesilhas

Todos os direitos reservados. Nenhuma parte desta edição pode ser utilizada ou reproduzida – em qualquer meio ou forma, seja mecânico ou eletrônico –, nem apropriada ou estocada em sistema de banco de dados, sem a expressa autorização da editora.

O texto deste livro foi fixado conforme o acordo ortográfico vigente no Brasil desde 1º de janeiro de 2009.

TÍTULO ORIGINAL Las tres balas de Boris Bardin
EDIÇÃO UTILIZADA PARA ESTA TRADUÇÃO Milo J. Krmpotić, Las tres balas de Boris Bardin, Madri, Caballo de Troya, 2010.
PREPARAÇÃO Ana Maria Barbosa, Graça Couto
REVISÃO Bia Nunes de Sousa
PROJETO GRÁFICO Kiko Farkas e Thiago Lacaz/Máquina Estúdio
CAPA Rodrigo Frazão
IMAGEM DE CAPA Fading Truth / Gettyimages.com.br

1ª edição, 2012

Dados Internacionais de Catalogação na Publicação (CIP)
(Câmara Brasileira do Livro, SP, Brasil)

> Krmpotić, Milo J. As três balas de Boris Bardin / Milo J. Krmpotić ; tradução de André de Oliveira Lima. – São Paulo : Tordesilhas, 2012.
>
> Título original: Las tres balas de Boris Bardin..
>
> > ISBN 978-85-64406-39-1
>
> > 1. Ficção espanhola I. Título.
>
> 12-06536   CDD-863

Índice para catálogo sistemático:
1. Ficção : Literatura espanhola 863

2012
Tordesilhas é um selo da Alaúde Editorial Ltda.
Rua Hildebrando Thomaz de Carvalho, 60
04012-120 – São Paulo – SP
www.tordesilhaslivros.com.br

Sumário

As três balas de Boris Bardin   7
Agradecimentos   125
Sobre o autor e o tradutor   127

As três balas de Boris Bardin

Cheguei ao lugar de madrugada, de carro, do jeito que sempre se deve enfrentar pela primeira vez uma cidade argentina. E pode ser que também as do resto do mundo, mas isso continuo sem condições de assegurar. Nunca saí deste país, o que me conferiu o privilégio de vê-lo afundar várias vezes na merda. E de me afundar ao seu lado, já que as grandes fidelidades estão aí para isto, para dar a esperança de que há alguém em condições de te salvar e você acabar se afogando de qualquer maneira, mas acompanhado. É a grande virtude da Argentina, que jamais deixa a gente sozinho. As misérias são compartilhadas ou não são misérias. Suponhamos que dê na veneta dos milicos servir de exemplo. Numa dessas não vão e matam quatro desgraçados, não. Dão à coisa uma ordem e uma minuciosidade que nunca tivemos, porque nem no campo de futebol jamais demonstramos esse entusiasmo. Os chefões se reúnem, convocam os oficiais médios, os recrutas habitam os porões de todos os quartéis de todos os comandos. E enquanto uns saem para desaparecer em cada bairro, em cada universidade e em cada sindicato, outros vão conferindo a eletricidade, lustrando os alicates, até têm a ideia de aproveitar a ocasião e montar um negocinho de venda de bebês para ganhar uns trocados. E o desperdício faz com que depois de cinco minutos nos falte imaginação para xingar os ingleses como estamos nos xingando, não faltava mais nada... De modo que acaba não sobrando filho de vizinho que não sinta a falta de um pai, de um irmão, de um amigo ou, enfim, de um vizinho. A menos que você seja dos outros. Se não é parte do problema, você é parte da solução. E aqui solucionamos tudo mal, companheiro, mal demais...

O caso é que cheguei à cidade de madrugada e dirigindo meu próprio carro, me poupando dos engarrafamentos, dos buzinaços, dos vá pra puta que te pariu nos semáforos e da sujeira das ruas, uniformemente negras ao passar pelas favelas e cobertas por um claro-escuro de neblina amarelenta mais tarde, graças à intermitente iluminação do centro, o último local aberto alguns quilômetros antes, talvez por parecer mais puteiro de estrada que bar. Tive que pôr a gasolina do meu próprio bolso, mas eu teria pagado para um taxista fajuto a fim de que me levasse da estação aos subúrbios, e dos subúrbios a um hotel a quinhentos metros da estação, na quadra dos vagabundos, das putas, dos ladrões vagabundos ou filhos da puta e afins. Isso desde que o taxista fosse fajuto e não um ladrão filho da puta que parasse o carro em um descampado para me tirar o dinheiro e a roupa e a única virgindade que me resta, virgindade que não perdi apesar de viver quarenta e três anos seguidos no país campeão de dar por trás simplesmente por dar, sem sequer aproveitar.

Cheguei ao lugar de madrugada e dirigindo, como sempre se deve enfrentar pela primeira vez as cidades e os povoados da Argentina. Dei algumas voltas para me familiarizar com o centro, as lojas e os bares com aspecto de estarem fechados há muito mais que algumas horas e estacionei a uma quadra do único hotelzinho que não gastava luz vermelha na porta. Toquei a campainha, toquei outra vez e toquei uma terceira. Aí o zelador abriu, os olhos remelentos e o cabelo preto gorduroso e um o que você quer imbecil no franzir dos lábios, grossos como de negro, ao mesmo tempo ligeiramente entreabertos, fazendo um O, estúpidos mas talvez perigosos.

Sinto muito incomodar a estas horas, acabo de chegar e preciso de um quarto. Murmurou que se não aceitava putas era para que não o aborrecessem no meio da noite. Comentei que se não aceitava putas perder um cliente normal o aborreceria mais. Observou que na realidade estava considerando seriamente voltar às putas, porque os clientes normais não tinham dinheiro e quando tinham gastavam com putas. Dei de ombros. Vou pagar adiantado, assim poderei trazer as putas com a consciência tranquila. Por aqui, bufou, e me conduziu ao balcão, atrás do qual se abria uma porta de onde brotavam os roncos da patroa. O 15 – quis me dar a chave. Não pode ser outro? Está me sacaneando? Não gosto do número, não gosto do 15. Olhou a chave como se ela tivesse cuspido nele. Pendurou-a de volta no movelzinho às suas costas. O 17? Concordei. O chaveiro era uma espiga metálica. Obrigado, onde assino? Deixe isso para amanhã, você me estragou o sono, mas não tem pinta de ladrão...

O quarto se encontrava razoavelmente limpo, os lençóis cheiravam a batata frita, e o papel de parede suportava a umidade com decência digna da classe média de antigamente; havia rachaduras aqui e ali, mas em termos gerais mantinha a compostura. Deixei a maleta do lado direito da cama de casal. De nenhuma das torneiras pingava água; assim o ruído que me martirizava devia vir do interior da minha cabeça, e não do banheirinho, com a caixa de descarga incluída. Tirei o casaco e o estendi no encosto da cadeira diante da escrivaninha. Desabotoei os três botões de cima da camisa. Tirei os sapatos, e uma bofetada de odor azedo me subiu pelo nariz. Virei a pequena poltrona para que encarasse a única janela. Apaguei as luzes, me sentei na poltrona. Observei a rua em silêncio, o letreiro da confeitaria, os sacos de lixo empilhados ao redor de uma árvore e os gatos que os rondavam. Durante alguns minutos senti falta da Lola. Depois bocejei e dormi.

Boris se sentou na beira da cama, de costas para as costas de María e para a cratera que seu corpo havia deixado na bagunça de lençóis e cobertores, a fim de observar com atenção os próprios pés. Duas manchas pálidas na escuridão, que, apoiadas no dorso, os dedos em forma de gancho e as plantas contraídas, mais pareciam um par de rins desfigurados do que os membros incumbidos do trabalho de mantê-lo na vertical durante o resto do dia.

– O resto do dia, puta que pariu... – disse para si mesmo enquanto pegava o roupão pendurado junto à porta.

A primeira pontada não demorou a aparecer, ocorreu sob a ducha. Girou a torneira de água quente até fechá-la por completo e pôs o corpo de modo que o jato gelado se chocasse contra a coluna e a região lombar. Três, quatro segundos e tinha passado a vontade de gritar, seja de dor, seja de frio. Sete, oito, nove, e sua mente vagava pelos vestiários da associação depois dos treinamentos das terças ou das partidas dos sábados, quando Bortorelli deixava de administrar o tempo fora de jogo e passava a cuidar da política de graduação da água, obrigando-os a passar da temperatura vulcão indonésio para a temperatura geleira Perito Moreno e depois de volta à de lava, várias vezes, a fim de que seus músculos adolescentes aproveitassem a mais adequada irrigação sanguínea.

– E, de quebra, tinha treze rapazes pelados diante dele, claro...
– O que você está dizendo?
Boris entreabriu a cortina de plástico o suficiente para ver María sentada na privada, a testa tão franzida como a parte inferior da sua camisola branca.
– Estava me lembrando do Bortorelli.
– Bortorelli?
– O treinador veado, quando eu era garoto...
María moveu a cabeça de um lado para o outro, passou o papel higiênico, levantou-se e subiu a calcinha.
– Bom dia para você – bocejou enquanto saía do banheiro.

Quando chegou ao Gordo Manrique, Aleksandar já estava numa das mesas junto à vidraça, a que marcava o ponto médio do comprimento do local. Diante dele, a vitamina de banana, o café com leite e o sanduíche de queijo e presunto.
– Já comecei, são sete e cinco – notificou entre um gole e outro no canudinho da vitamina.
Boris se sentou com a cautela de quem se acomoda em uma poltrona da sala de cinema quando a projeção já começou. Depois de encontrar a posição, esperou que o Gordo lhe trouxesse a xícara de chá e a *medialuna* antes de responder.
– Falei com o Heinrich ontem à noite.
Aleksandar fechou a cara, jogou o corpo instintivamente para trás, notou como as costas se cravavam contra o encosto da cadeira.
– Deixa de encher com o Heinrich de uma vez por todas. Não quero saber mais nada do Heinrich!
– Você já sabe tudo o que há pra saber. E fala baixo, por favor... – Boris levantou a cabeça e também a voz. – *Che*, Gordo, me traz um copo de água? Quero tomar o comprimido e esse chá queima pra cacete...

– O chá queima? Nããããão... Só é água fervendo com um saquinho dentro, o que você queria?... – replicou Manrique do outro lado do balcão.

– Tudo bem, Gordo? – Boris tossiu, cravou os olhos no irmão, regressou ao tom de confidência. – Preciso saber que posso contar com você.

– Não para isso...

– Era de se esperar que eu pudesse te pedir qualquer coisa. Por que não isso?

– Porque se você fizer isso, se chegar a fazer isso, jamais voltará a ser o mesmo.

Manrique colocou um copo diante de Boris, que tirou do bolso da camisa uma cartela metálica com vários nichos já vazios.

– Faz muito tempo que já não sou o mesmo – murmurou antes de engolir o comprimido branco e tomar um pouco de água.

– Me diz uma coisa... – Aleksandar apoiou os antebraços na mesa, os punhos cerrados, a voz uma bufada que desejava ser grito e não chegava a se atrever. – Se tivessem te feito isso jogando futebol, se tivesse sido um imbecil dirigindo o carro...

– Me fez isso quem me fez isso. E não foi uma falta no campo nem um acidente na estrada – agora também Boris falava entre os dentes.

– Todas as manhãs, todas as manhãs sabemos o que pode nos acontecer ao sair aí fora...

– Mas o que você não sabe é como a raiva se acumula quando a dor não vai embora um único dia, meu irmão. Nem um diazinho de merda...

Encararam-se durante vários segundos.

– Quanto te devo, Gordo? – perguntou Aleksandar sem virar a cabeça em direção ao balcão.

– Quanto me deve? É que não sei quanto o leite custa hoje...

– Cobra o preço de ontem, que é quando você comprou o leite.

15

— O preço de ontem? Espera, tenho anotado em algum lugar... — As costas de Manrique desapareceram, um pano de prato pendurado no ombro direito, nas profundezas da mercearia.

Aleksandar voltou a se inclinar para trás, agora com mais cuidado, inclinou a cabeça para a esquerda e se distraiu contando os torrõezinhos brancos do açucareiro.

Boris suspirou.

— Você viu o noticiário ontem à noite? — Seu irmão caçula negou com a cabeça. — Não? Não sabe o que aconteceu com o Alberti e o Valera?

— Russo, está me ouvindo? O que você está lendo que te mantém tão concentrado?

— Sim, desculpa... — Boris levantou o jornal para que Lorenzo visse a manchete através do vidro da guarita. — Estava lendo a notícia do furgão...

— É que não há muito com que se entreter, não é? — comentou a cabeça careca do tabelião que aparecia na janela de um carro que fazia tempo tinha deixado de ser digno de um tabelião. — Um golpe certeiro, três minutos apenas. O estranho é que tenham deixado os guardas como testemunha...

— Tomás Alberti e Ricardo Valera — Boris concordou. — Mas o Alberti é boa gente, com família, sabe que outra tarde com as crianças vale mais que qualquer quantia de dinheiro, então não faria nenhuma asneira.

— E o que me diz do Valera?

— O Valera é decente, e nada mais. O que não é pouca coisa, mas acho estranho que o sangue não lhe tenha subido à cabeça e não tenha disparado uns tirinhos.

— Você os conhece muito bem...

— Dos meus dias na corporação.

– Estava me esquecendo, desculpa – Lorenzo baixou a voz e mudou o gesto de casual a confidente. – Você ainda tem contatos? Chegou até você alguma coisa, alguma coisa que não esteja nos jornais?

Boris o imitou, aproximando a cabeça da abertura no vidro que os separava.

– Acham que são da capital, que já voltaram para lá.

O outro concordou, pensativo.

– Claro, nesta cidade de merda sabemos tudo de todos.

– Quase tudo de quase todos...

– O que você quer dizer? – Boris demorou uns segundos para responder, o olhar baixo como se de repente tivesse perdido o fio da meada. – Vamos, Russo, não se faça de desentendido!

– Eu pensava no meu irmão – disse por fim, negando suavemente com a cabeça. – Podiam ter matado dois conhecidos e ele nem ia perceber.

– Seu irmão Iván?

– O outro, Aleksandar, o caçula...

– O que também é tira.

– Isso, saíram dois de três para o velho, não é uma média ruim.

– Ah... – Lorenzo concordou, os lábios apertados e arredondados em gesto de admiração para com a sorte do patriarca Bardin.

– *Che*, Russo, me quebra um galho, diz pro Sarmiento que eu pago pra ele o mês no mês que vem...

E, antes que Boris pudesse responder, muito menos protestar, o carro do tabelião já havia abandonado o estacionamento e chacoalhava pela General Paz em direção ao centro, vomitando fumaça em meio às buzinas de um ônibus da linha 57.

Boris colocou o jornal virado para baixo na mesa, tirou suas dobras pressionando com ambas as mãos outro editorial dedicado à interrupção do câmbio por dólares e esfregou as palmas manchadas de tinta contra o tecido azul da calça. Pegou a cartela metálica no bolso da camisa, tirou um comprimido e o engoliu com um gole de água da garrafa. Saiu da guarita, fechou a porta, afastou-se três passos e permitiu que a dor nos rins por estar sentado durante tanto tempo se transformasse lentamente na dor de coluna provocada pelo fato de estar de pé durante alguns minutos. Quando por fim sentiu que o frio lhe desentorpecia os músculos, retrocedeu os três passos e voltou a se meter na guarita. Ligou o rádio. Começou a tossir no ritmo de uma *cumbia*, mas, antes que o ataque cessasse, já havia girado o dial à caça de um boletim de notícias.

Na hora do almoço, Aleksandar estacionou a viatura na General Paz, a poucos metros do cruzamento com a Juan B. Justo. Da mochila esportiva aberta sobre o assento do passageiro tirou um *tupperware* com o *locro* da Matilde ainda quente, um pãozinho embrulhado em papel-alumínio e uma lata de Coca diet. Também, depois de remexer um pouco mais, uma colher de metal e um par de guardanapos.

Do outro lado da avenida, a uma quadra e meia de distância, seu irmão comia um sanduíche no interior da guarita, que se destacava contra o perfil da serra. Contou cinco carros no estacionamento, um deles o de Boris e outro o caminhão coberto por uma lona que ninguém havia movido dali no mínimo em um período de cinco anos, no máximo em uma década.

O *locro* tinha um gosto adocicado. Aleksandar se perguntou se o milho não estaria passado. Ou talvez fosse o sabor da Coca-Cola que havia aderido ao seu paladar. Arrancou um terço do pãozinho com uma mordida, enquanto Boris atendia o telefone.

– Nada de asneiras... – murmurou; um escarro de massa ensalivada se chocou contra a borracha da dirceção, limpou-o com um dedo e o levou de volta à boca.

Boris desligou alguns minutos mais tarde. Levantou a mesma mão com que havia segurado o aparelho e a passou cinco vezes seguidas pela cabeça, da testa até a nuca. O velho tique que Aleksandar o via fazer desde que tinha consciência e seu irmão mais velho, preocupações.
Bem menos comum foi vê-lo chorar.
Aleksandar deixou o *tupperware* meio vazio entre as pernas, prendeu-o com ligeira pressão das coxas para que o movimento não derramasse o seu conteúdo, deu partida no carro e virou à direita na Juan B. Justo.
Quando estacionou de novo, no lado norte do parque, diante da venda onde costumava comprar os *alfajores* para Luis e Lucía, o *locro* já estava frio.

Como em outras ocasiões, muitas tão recentes que já indicavam uma rotina, apesar do incômodo que cada uma delas seguia causando, María havia desligado o telefone com a sensação de ter dito bem menos do que esperava, queria ou necessitava. Durante a meia hora seguinte, permaneceu sentada diante da televisão desligada, fumando, roendo as unhas da mão com que segurava o cigarro, observando o retângulo de luz que se insinuava sob a persiana, que revelava uma camada de pó ao atravessar a sala e se convertia em trapézio ao se refletir na escuridão fosca da tela do televisor. Não se levantou da poltrona até que os pés começaram a doer de frio.
Mas, mal entrou no quarto, tirou o pulôver, dobrou-o no antebraço e o colocou num lado da cama. Tirou os tênis, alinhou--os suavemente utilizando o pé esquerdo e, em posição de sentido, puxou as alças do vestido para que ele deslizasse ao longo do corpo, abrindo-se ao tocar o chão como uma flor dissolvida, já quase morta. Sobre as pétalas do tecido caiu então o sutiã, depois a calcinha.

María abriu quanto foi possível a porta esquerda do armário, até que o espelho lhe devolveu uma visão frontal e completa do seu corpo nu. Como atraídas pelo vazio que ali sentia, suas mãos correram para lhe cobrir o ventre, uma sulcando a cicatriz da operação de apêndice, mas em seguida essa mesma mão subiu para avaliar a flacidez dos seios enquanto a outra descia até se enrolar na mata de pelos pubianos. Ali, o dedo indicador e o anular obedeceram a um súbito anseio, tão irrefletido como irrenunciável afinal; exerceram uma ligeira pressão, de modo que o do meio pôde descobrir sem dificuldade o aflorar da umidade.

O caminho do seu desejo, contudo, devia se desviar. Carente do equipamento necessário, cobriu os três passos que a separavam da escrivaninha. Agarrou a cadeira pelo encosto e a arrastou diante do armário, subiu nela e abriu a caixa que repousava sobre o móvel. Pegou a camisa, vestiu-a, suspendeu o pé esquerdo e deixou-se cair para se plantar de novo diante do espelho.

Tinha a pele das pernas e dos braços arrepiada. Mas o formigamento na parte baixa do abdômen era um turbilhão que devia se originar nos seus olhos; não podia correr o risco de renunciar ao reflexo do qual nasceria seu bem-estar antes de tê-lo canalizado, antes que adquirisse a inércia adequada. A mão direita repetiu a descida. A esquerda, ao contrário, esperou que o olhar tivesse percorrido as órbitas informes e enegrecidas dos três orifícios que marcavam o tecido azul-claro, um sobre a clavícula esquerda e os outros compondo os vértices inferiores de um triângulo imaginário à esquerda do umbigo.

Aí sim, ao fechar as pálpebras, retrocedendo até que as coxas nuas topassem com o colchão, caiu de costas sobre o cobertor e rodou sobre si mesma para se envolver nele, aí sim María entreviu a alegria de cobrir os buracos, a palma da mão livre passeou pela superfície do tecido, repetiu o circuito clavícula-ventre-ventre, repetiu-o uma vez e mais outra, aferrou-se ao buraco aberto pelo tiro apenas alguns centímetros acima do seu coração e do seu seio, e ao notar que a sua respiração se agitava, começou a ter consciência do seu fracasso insolúvel imediatamente depois que o tremor acabara de percorrer seu corpo, o gemido abafado rondando-lhe ainda o interior da garganta.

Aleksandar não teve pressa na hora de contornar o furgão. Deu dois passos para o lado esquerdo, parou como se de repente tivesse intuído ou percebido algo, retrocedeu e saiu do campo de visão do retrovisor para observar o cadeado que resguardava a porta posterior. Contou mil e um, mil e dois, mil e três, mil e quatro, mil e cinco. Percorreu então o lado direito, e ao chegar à altura do assento do passageiro, gesticulou para o garoto moreno atrás do volante baixar o vidro e, quando este esticou o tronco por cima do banco vazio e lhe obedeceu, apoiou os antebraços na abertura, de modo que as mãos enluvadas ficassem à vista, dessem a entender que havia autoridade, mas não armas no meio.

– E essa pressa toda?

O motorista deu de ombros.

Aleksandar concordou, entrelaçou os dedos de ambas as mãos, virou a cabeça em direção à estrada.

Um gato cruzou o asfalto alguns metros adiante. Mas foi justo onde a claridade dos faróis começava a morrer e o rabo pareceu longo e fino demais, portanto talvez se tratasse de uma ratazana.

O garoto também devia ter visto o animal e duvidado da sua espécie; ficou com os olhos muito redondos fixos na escuridão, uma expressão de peito de peru no rosto.

– Eu não tenho dinheiro – disse, afinal.

– E para que você precisa de dinheiro? – retrucou Aleksandar.

O moreno virou o pescoço para olhá-lo. Aí sim, estava a dúvida, nas pálpebras que tinham caído um terço, desconfiadas.

– Para muitas coisas. Às vezes para pagar multas – sondou.

– Mas é possível que a multa por dirigir pela estrada como quem vai tirar o pai da forca tenha subido ao longo do dia sem que os policiais de serviço possam ter conhecimento disso, está claro?

– Está – concordou o outro lentamente.

– Portanto, a fim de não incorrer em dano pros cofres públicos e atendendo ao fato de que você não tem dinheiro e eu não pretendo complicar a vida de um garoto que se vê obrigado a trabalhar sábado à noite, me diz, o que você leva aí atrás? – Aleksandar apontou a carga do veículo esticando o pescoço e o queixo.

– É... carne...

– Perfeito. E faz sentido, porque o nome do frigorífico está estampado por toda a carroceria... Mas, me diz, carne pra açougue ou carne pra restaurante?

– Pra restaurante.

– Pra restaurante de um bairro que você só visita para levar a carne ou pra um restaurante do bairro em que você mora?

O garoto sorriu, malicioso.

– Não, agora é a mesma carne pra todos.

– Sério?

– É, agora todos querem pagar o mesmo.

Aleksandar concordou e bufou pelo nariz ao mesmo tempo.

– O mesmo, que vem a ser pouco.

– O mesmo que vem a ser pouco, e isso quando não pedem o tempo todo para pendurar a despesa.

– Tudo bem. Você está levando chouriços e linguiças?

– Estou.

– Miúdos?

– Também.

– É o suficiente para que a municipalidade se dê por satisfeita. Vamos...

O moreno abriu a porta, desceu e caminhou em direção à parte traseira. Aleksandar foi ao seu encontro pelo lado oposto.

— Por um momento pensei... – começou a explicar enquanto se esforçava para abrir o trinco da câmera frigorífica.

— O melhor é que você pensou que tinha topado com um tira veado. Eu sou tira, mas veado não. Ou pelo menos você não é bonito a ponto de me fazer reconsiderar qualquer coisa nessa altura da vida. Então, me propõe alguma outra coisa e vamos vazar...

— Pra já...

O garoto abriu as portas de par em par e se meteu no furgão com um salto.

Boris se plantou diante da cama, observou o montículo de sombras e o cobertor atrás do qual se escondiam as costas de María, conteve a parte sonora de um arroto de cerveja, liberando o gás em silêncio através das comissuras dos lábios. Pensou, sob a pátina de novidade que o álcool empresta aos mais gastos raciocínios, que o desejo era menos um fato físico e mais uma garrafa de óleo que se derrama na cabeça; fez uma careta diante da reflexão automática que lhe ocorrera para sustentar, precisamente partindo dele, precisamente partindo do mais íntimo da sua mente, que nem a pau se limpam certas manchas de óleo.

Fechou a porta esforçando-se para não fazer barulho, adentrou a fria escuridão do corredor. Se apenas lhe fosse concedida uma última oportunidade, uma espécie de despedida para o caso de tudo acabar indo à merda... Acendeu a luz da cozinha, percorreu o espaço com o olhar, sem chegar a decidir o que estava fazendo ali. E quem diabos ia lhe dar essa última oportunidade? E se havia algo ou alguém em condições de lhe oferecer uma trégua quando regressasse, o que... Porque pensava em regressar, porque aquilo era um passo para a frente, não estava entregando os pontos ou dando um salto final. Quando regressasse para casa depois daquilo, não teria que passar de novo pelo mesmo inferno, a alegria de María que degeneraria em frustração e pouco depois em condescendência enquanto ele permanecia morto, pior que morto, porque o sangue seguiria queimando-lhe as veias, mas outra vez não teria onde desembocar, nada seria capaz de preencher e satisfazer? Abriu a porta da geladeira, pegou a garrafa de suco de maçã e bebeu um gole, dois, não mais porque não era sede o que sentia. Devolveu a garrafa ao seu lugar, olhou as prateleiras; de repente teve medo de que a peça de carne para o churrasco estivesse congelando por se encontrar muito rente ao fundo da geladeira, que fazia tempo, talvez meses já, ou esfriava demais ou gotejava e deixava toda a comida empapada. Pressionou a carne com os nós dos dedos. Embora tenha notado que afundavam razoavelmente, puxou a peça envolta em papel, afastou-a alguns centímetros da parede bege, atravessada por uma mancha de molho de tomate, e bocejou aliviado enquanto fechava a porta.

Não duvido que todas as nacionalidades tenham suas particularidades engraçadas, suas cretinices e suas circunstâncias, mas não há no mundo esquisitices como na Argentina. Por mais que se tenha passado toda a vida aqui, é importante recordar isso. Porque, no íntimo das suas convicções, você sabe que as coisas não deveriam ser como são. E, visto que em geral têm sido como sempre foram e isso historicamente não mudou ninguém, senão para pior, não cabe se aproximar delas segundo o modo como deveriam ser ou como se desejaria que fossem... está dando para entender? A sacanagem é que às vezes as coisas se assemelham bastante a como deveriam ser. O que conduz a engano, no mínimo a um tipo de miragem que, embora fugaz, não deixará de te escangalhar a existência. Como o personagem dos quadrinhos que avança pelo deserto e de repente arrebenta os cornos numa rocha, convencido de que ali há na realidade uma piscina. Ou como o pobre mané que tem a carteira roubada. Num país com pés e cabeça, esse mané recorrerá à delegacia de polícia. E na Argentina também. Momento em que essa situação não especialmente hipotética se desdobra num plano oposto de imagem real e desenho animado. Porque no primeiro caso, no do país com pés e cabeça, o mané recorrerá à delegacia na esperança de que o ajudem a encontrar o criminoso, enquanto no segundo, no da Argentina, fará isso a fim de garantir ao criminoso que não tem a menor esperança ou vontade de encontrá-lo, que está tudo bem e que em todo caso agradeceria se sua carteira de identidade aparecesse em alguma das gavetas da escrivaninha, que naturalmente está disposto a desembolsar uns austrais pelo incômodo de terem que revirá-las, e quem sabe não tem a sorte de que surjam também o recibo da tinturaria e a foto da menina, que é a única que tem do dia em que ela fez a primeira comunhão.

E isso nunca é tu... nunca é tu... nunca é tudo, pe-pessoal...

Sábado, meio da manhã. O mané acorda para um dia lindo, frio mas lindo. O vento sopra da serra, cheira a folhagem de árvore e a riacho de montanha e a bosta de cavalo. As nuvens que passam são brancas como algodão, vão cheias de água, mas ainda demorarão um tempo para se desfazer em chuva, o tempo que levam até chegar aos vales, pelo que diz o porteiro. E, no entanto, basta descer a escadinha do hotel e receber em cheio o impacto dessa confluência de impulsos positivos da mãe natureza, em vez de mostrar a cara para o astro rei e fechar os olhos e inspirar com todas as forças, em vez de se abrir para as sensações que o rodeiam e sair correndo rua abaixo contagiado com a sanidade e com a pureza do lugar, o mané, que é mané de cidade e sobretudo é mané da sua mulher, esclareça-se que ambas argentinas, deseja com toda a alma se encontrar a seiscentos quilômetros de distância, acordando ao som do trânsito da Pueyrredón esquina com Las Heras, levantando a persiana para descobrir os mesmos edifícios cinza sob um novo céu cinza, entreabrindo a janela para que o quarto perca o cheiro de tabaco e se encha do cheiro de escapamento, ouvindo da cama o palavrão obrigatório e suspirando e pensando puta que pariu fim de semana do caralho, quem mandou a gente ter convidados no sábado ao meio-dia.

Está certo que, como bom argentino, o mané preferiria qualquer situação a ter que trabalhar. Está certo também que o mané se encontrava naquele lugar trabalhando, ou pelo menos por motivos de trabalho, que embora não seja o mesmo, vem a ser igual. Mas a sensação de irrealidade jamais se extravia. Por mais normal que a estranheza pareça, por mais acostumados que estejamos a ela, de um modo ou de outro intuímos que é estranha. Que há algo que não se encaixa. E isso, quando você se dedica à investigação, te mata.

Quando você se dedica à investigação, os tipos com quem fala às vezes foram vítimas de algo, mas na maioria das ocasiões foram executores desse algo. E, tanto se trate de uma opção quanto da outra, não querem estar ali. Não querem se meter no escritoriozinho, sentar-se diante de você, olhar a sua cara e te contar o pouco que lhes afanaram ou deixar de te contar tudo o que conseguiram afanar. Os primeiros porque sabem que falar não mudará nada, sairão para a rua com o mesmo desgosto de que há dias querem se livrar e que, veja só, justo nessa manhã se diria que era mais brando, menos viscoso, como se começando a evaporar. E os segundos, bom, os segundos sabem que falar mudaria tudo, que é melhor não brincar com a sorte, vai que lhes escapa um detalhe, uma ligeira contradição, essa pequena rachadura que você pode forçar até pôr abaixo o muro do álibi. Ninguém fala à vontade com um investigador. Sua própria mulher e seus próprios, supõe-se, filhos o olham de soslaio às vezes, para o caso de os estar observando, desnudando, lendo a última mancada que deram. Eu, se tivesse que apontar um culpado, desceria simplesmente para a rua, uma rua qualquer transitada por quaisquer argentinos, digamos que a Florida com Corrientes, ficaria em pé ali no meio, diante da banca 24 horas, levantaria o braço direito e me poria a gemer sem parar, igualzinho ao Donald Sutherland no filme dos invasores de corpos. Embora o que se roubou deste país seja a alma, amigo, e isso não se recupera arrebentando quatro vagens de ervilhas gigantes.

E, no entanto, o cara desejava estar ali. Na sala da sua casinha, sorvendo um mate, me olhando com olhos puros e amáveis, esperando mais perguntas, puta que pariu, ainda ontem de manhã te apontavam uma pistola para que abrisse as portas do furgão, te empurraram te cuspiram te algemaram, ameaçaram trucidar a neném que sua mulher está agora mesmo amamentando na cozinha, torturar o garoto que brinca com a bola no jardinzinho se você lembrar além da conta, levaram o dinheiro que tinham te encarregado de vigiar, poderiam ter matado você e o seu companheiro, na verdade é um milagre que não tenham feito isso, e você deveria intuir que gente como eu de modo nenhum acredita em milagres, mas você me olha com esses olhos lacrimosos e essa bondade de filme do Frank Capra, entre um gole e outro de mate, grandessíssimo idiota, você parece a minha mãe esperando que eu lhe conte como andam os netinhos, ou é o mais mané dos manés ou está me escondendo algo e não, não quero madialunas, obrigado, senhora, guarde melhor a sua teta dentro do sutiã, porque a aréola do mamilo ainda está aparecendo.

Só na Argentina, amigo, só na Argentina.

A coisa com o outro já achei um pouco mais normal. Como se a segunda visita pudesse ter ocorrido de forma idêntica lá em Mobile, Alabama, viu? E digo Mobile-Alabama por conta de um romance policial que eu li, não sei por que fui me lembrar dele. O caso é que você reconhece a quilômetros de distância o figura que te abre a porta. Você o reconhece porque ele se plantou na sua frente quinhentas vezes, igual mas diferente, e além disso você o viu em cem filmes e o descreveram livro sim, livro não, embora isso já não fizesse falta porque contra tanta imagem não há Osvaldo Soriano que preste. Quando os caras são pura fachada, quero dizer. O cabelo jogado para trás, numa ondulação tão digna de a qualificarmos de leonina quanto o seu loiro, herança não direi de alemães ou suecos, mas talvez de carcamanos do Norte. A testa italiana também, ampla, morena, orgulhosa. Os olhos pequenos, castanho-escuros. O nariz e os lábios grossos, um palito sobressaindo num dos cantos, mudando de um lado para o outro, enquanto o dono de tão inquieta língua escuta, receoso, o estranho que veio tocar a campainha, o sujeito cuja intempestiva visita não foi motivo suficiente para que você abotoe a camisa e me poupe de ver a meia dúzia de pelos que te crescem no peito e no começo da pança inchada e bronzeada, corno que você é, se não mandou a patroa abrir é porque a patroa já se cansou de você e foi embora com um macho menos macho, um que não arrota enquanto fode e de vez em quando lava o seu cheiro de bode. Mas me concentro no olhar. Porque esses olhos com os vasos sanguíneos dilatados gritam que você não me queria ali, na sua porta, muito menos dentro da casa na qual nem por brincadeira me convidará para entrar. E isso é algo que eu entendo, a primeira indicação de que existe um caminho, um convite para te observar e te interpretar, de modo que afinal Soriano pisque para mim, dê umas palmadinhas nas minhas costas e me pergunte: viu, viu como ler estimula a imaginação? Se você foi vítima, não me resta muito mais a fazer nesse lugar, terei uma resposta com a qual regressar, obrigado e tchau. E se não foi... Bom, se não foi, é muito mais divertido. Não melhor, não necessariamente interessante ou atraente, um estorvo, se penso na Lola e nos seiscentos quilômetros que me separam de cair no sofá para escutar o último disco do Charly enquanto ela frita as milanesas e as batatas. Mas se paga em dobro pela resposta com guarnição de culpado. E, se vim até aqui, é para ganhar alguma grana e não pelo prazer de trabalhar, veja bem, sou argentino como você, ainda que eu não roube. E, porque não roubo, quanto menos fios soltos eu deixar por aqui, mais possibilidades de eu voltar para Buenos Aires com algo ainda de valor na carteira, a porra da inflação e a mãe que a pariu...

Mas a inflação não se fez presente na minha corrente de pensamento até alguns minutos depois que Valera fechasse a porta e regressasse para a frente da televisão, talvez do catálogo de lingerie que o esperava sobre a pia do banheiro, quando eu já tinha contornado a casa e dera uma volta no quarteirão sem encontrar maiores indícios de nada, enquanto caminhava pelo pó da rua vazia e sem asfalto, me preparando para revisar o em menor medida que o cara havia dito e o que deixara de dizer, principalmente, buscando a avenida principal, que me conduziria ao centro e à delegacia de polícia.

Aonde cheguei quando davam duas horas, bem a tempo de trocar algumas palavras com o delegado antes da pausa do almoço, que no sábado e naquele lugar bem podia acabar se prolongando até segunda de manhã.

Vim por conta do assunto do furgão, senhor delegado, eu o encarei nem bem fui anunciado no seu escritório, para que não ficasse nenhuma dúvida. Já me contaram, murmurou por baixo do bigode castanho. Tem alguma pista nova?, perguntei por perguntar, para cumprir os trâmites e fazê-lo se sentir um pouco útil. Não, na minha opinião, tal qual chegaram se foram, o senhor não se lembra de um carro carregado de dinheiro?, pode ter cruzado com ele no caminho para cá. O cara se sentiu tão util que até começou a se mostrar afável. Isso acontecia comigo por ser sentimental, por lhe dar asas. É capaz, mas... o que me diz dos seus homens?, disparei. Dos meus homens?, repetiu. Dos seus homens, confirmei. Alberti e Valera?, insistiu. Alberti e Valera, enfatizei. Ponho a mão no fogo por eles, respondeu inchando as bochechas e fechando o punho direito, como disposto a pôr a mão, mas soprando rápido, sem deixar demais os dedos. Sim, parecem íntegros, concordei. Ah, mas... o senhor já os visitou? A casa do Alberti estava no meu caminho. A do Valera acho que não... não estava no meu caminho, mas me entusiasmei e uma rua levou a outra. Pareceu refletir durante uns instantes, talvez simplesmente salivasse. Então o senhor já comprovou por que eu poria a mão no fogo por eles. Sim, mas a pergunta é de praxe, e não há ninguém que conheça as debilidades da tropa como seu capitão. Lá estava eu outra vez lhe dando corda, por via das dúvidas, para o caso de necessitar da sua ajuda mais adiante; você pode ser sentimental, mas também deve ser precavido, viu? Compreendo, alguma outra questão de praxe? Pensei durante alguns segundos, para fechar a coisa com estilo. Sim, me diga uma coisa, onde se pode comer um bom bife por aqui? Óbvio que o cara quis ficar quite com a resposta: Por aqui, difícil. Mas a dois quilômetros, na direção da capital, tem o bar do Turco, se chama Habibi. Que tal andamos de manias? Manias, só as necessárias, respondi, e cada vez menos. Bom, porque não é um modelo de limpeza, mas o churrasco é fabuloso. Come lá habitualmente? O bigode do delegado se estendeu ao longo de um sorriso largo e sacana. No bar do Turco filho da puta? Não, amigo, eu sou casado...

Aleksandar passou o dorso da mão na testa, secou o rastro de suor na lateral do avental e deu um passo para trás, a fim de observar sua criação em perspectiva. Sobre a churrasqueira, uma tripla coluna de bifes ladeada por uma dupla fileira de chouriços à esquerda e outra de linguiças à direita, ambos os parênteses distanciados do crepitar da brasa central, mas já quase prontos para servir. Bebeu um trago da garrafa de Quilmes e decidiu esperar mais alguns segundos antes de chamar a tropa.

Era uma tarde bonita. Luis perseguia Lucía ao redor da piscina vazia. Ou era Lucía quem estava perseguindo Luis? Para não perder tempo se fazendo a mesma pergunta, Mariana gritou para os dois que deixassem de correr e voltou à conversa que mantinha com María e a prima Carolina, todas sentadas ao redor de uma mesinha, escondendo os olhos atrás dos óculos escuros, compartilhando também uma Quilmes, pegando, segurando e soltando as mãos umas das outras numa linguagem talvez visualmente evidente, mas que sem dúvida escondia algo incompreensível para ele, da mesma maneira que para qualquer homem.

Era contrário de Boris e do pai, levando-se em conta o imaginável e pouco dinâmico da sua conversa, em pé, um de frente para o outro no extremo oposto do jardim, ambas as costas rígidas, mas ligeiramente curvadas, uma pelo eco das feridas e o outra pelo peso da idade, tomando uma lata de Coca-Cola aquele que não podia beber álcool por culpa da medicação, e o eterno copo de vinho tinto aquele que tomava álcool por prazer, ainda que com a desculpa de indicação médica.

Aleksandar interrompeu seu passeio mental pelo jardim dando um passo para frente.

– Família, as linguiças e os chouriços, venham pegar o seu prato!

– Venham pegar o seu prato! – gritou Aleksandar do outro lado do jardim.

Boris seguiu com o olhar a corrida das crianças em direção ao pai, viu as mulheres se levantarem ordenadamente, sua mãe chegar com uma travessa de salada e colocá-la na mesa, em que se prolongava o tijolo vermelho da churrasqueira, separada do calor da grelha por um muro.

– Então você está decidido... – murmurou pensativo Vitali.

Boris concordou.

– Não comente isso na frente do Álex, faz favor.

O pedido pegou o patriarca com o copo na boca.

– Não comento isso com ninguém. Você é idiota ou só parece? – protestou em meio a uma chuva de finas gotinhas vermelhas.

Boris o olhou, magoado.

– Desculpa, há muito tempo ando sonhando com isso e agora que está tão perto...

– Sonhando... – repetiu Vitali e passou a língua pelos lábios. – Se vai fazer isso de verdade, se quer chegar a algum lugar de verdade, é melhor que no fundo haja algo além de sonhos. Por mais que você tenha a aptidão necessária...

O filho o interrompeu.
– Você sabe que sim.
– Sei que você acredita ter essa aptidão. Mas odiar à distância é muito simples.
– Não é, pai. Não é.
Boris tinha os olhos lacrimosos. Desde a penúltima ligação de Heinrich, quarenta e oito horas antes, vinha se sentindo à beira das lágrimas com muita facilidade. E ceder a elas não ajudava, não o acalmava de forma alguma. Era como se o choro pedisse mais choro. E tinha que começar a controlá-lo, porque não podia se apresentar na prisão dessa maneira, cair no choro ante o menor incidente ou demora.

Vitali o pegou pelo braço com que segurava a lata de Coca-Cola, sua mão transmitia a sensação e a pressão de uma corda grossa, ajustada a apenas meio centímetro da fronteira da dor.

– Quantas pessoas você já matou a facadas, rapaz? – grunhiu entre os dentes apertados.

Boris colocou a mão livre sobre a do pai. Com suavidade, não para convidá-lo a retirá-la do seu braço, mas como se buscasse consolá-lo. Como se de repente tivessem trocado os respectivos papéis e não fosse ele quem necessitasse do apoio do outro.

– Uma será mais que suficiente...

Vitali relaxou ligeiramente a pressão, pousou o olhar pouco acima da ponta das botas e murmurou:

– Diz uma coisa pra mim, por que nesta terça? Por que agora e não seis meses atrás? Por que não ano que vem?

Boris negou com a cabeça.

– Por que não seis meses atrás, eu não sei. Mas ano que vem já não haverá oportunidade. Na terça ao meio-dia o transferem de prisão, pai, é por isso que Heinrich...

– Pai! Boris! Ei, os sanduíches de linguiça estão esfriando! – gritou Aleksandar do outro lado do jardim.

María não os esperava. De fato, ninguém devia ter contado com eles, porque os bifes sempre foram nove, oito adultos mais o que as crianças compartilhariam, e a própria Nadia, junto à cabeceira da mesa no lado oposto ao de María, passou da cara de surpresa à de quem calcula como fazer para oferecer algo rápido aos recém-chegados. Entre as brasas, sabia disso desde sua última visita à churrasqueira, restavam algumas batatas e cebolas; sobre a grelha, o pedaço de carne que aguardava Iván, mais alguns miúdos, uma linguiça e um chouriço. Em plena recontagem de provisões, sentiu um ardor em ambos os lados do pescoço, e isso porque apenas uns minutos antes tinha começado a reclamar para Mariana, mais uma vez, da mania da sogra de fazê-los comer no jardim, onde, naquela altura do inverno, o sol do meio da tarde perdia indefectivelmente a batalha frente ao frio. E se perguntou, enquanto Alberti e Valera cumprimentavam um a um os ocupantes da mesa, e Iván, alguns passos atrás, atuava como mestre de cerimônias, apesar de a prima ser a única dos presentes que não conhecia a dupla, ela se perguntou o motivo daquela perturbação, do acesso de ansiedade que repentinamente lhe oprimia o peito e se preparava para alcançar a boca do estômago.

Não soube o que responder quando chegou sua vez e o pequeno Alberti se aproximou para lhe dar um rápido beijo na bochecha. Tampouco quando foi Valera quem meio se agachou para pousar os lábios sobre a pele de seu rosto e mantê-los ali, como sempre, meio segundo mais que o necessário, de modo que sua colônia lhe penetrasse as fossas nasais e os olhos, caso não olhasse para outro lado, reparassem no balançar ruidoso das correntinhas e na superfície de pele bronzeada que aparecia pela abertura da jaqueta e da camisa. Em compensação, começou a fazer uma ideia, quando Boris se levantou para cumprimentar os três, Iván com um beijo e os outros passando-lhes o braço de ombro a ombro, enredando uma mão no cabelo encaracolado que cobria a nuca de Alberti, enquanto com a outra lhe batia afetuosamente no peito e lhe perguntava como se sentia e lhe assegurava que se necessitasse de qualquer coisa, se qualquer um dos dois necessitasse de algo, pois ele sabia pelo que tinham passado, podiam falar sobre o assunto quando quisessem.

Boris, o rei dos silêncios, estava disposto a falar. A falar sobre o assunto, a comentar a experiência pela qual todos haviam passado. Quando os outros quisessem.

E María repassou tudo o que era evidente e compreendeu tudo aquilo que não era. Primeiro, que as feridas nunca haviam cicatrizado. Segundo, que a mais ligeira pressão sobre a ferida aberta se traduzia em novas explosões nervosas, que aquilo podia doer só de ser confrontado com um espelho, mesmo que a imagem refletida não mostrasse os três esburacados redemoinhos de carne viva, retorcida, oxidada. A presença de Alberti e Valera se cravava nela pelo que agora ambos tinham em comum com Boris; penetrava mais fundo ainda por aquilo que os separava de Boris.

O fato de que continuavam vivos. Inteira, sorridente, insultantemente vivos.

– ... dois carros, isso, pela frente e por trás. E aí passam mil coisas pela sua cabeça, tipo, você pensa que pode bater no primeiro e rezar pra não ficar atravessado, pensa que talvez, se sair da estrada cruzando o campo, não sigam você. E ao mesmo tempo se pergunta se vale a pena tentar escapar, porque, se vão te pegar, é melhor que te peguem de bom humor, né?, e não com vontade de te meter uma bala entre os olhos...

Boris estremeceu. Não chegou a ser um calafrio, mas um tremor pouco perceptível, o mais seguro é que ninguém o tivesse notado, até porque toda a mesa estava atenta à narrativa de Valera. Mas aquela pequena revolta do seu corpo fez com que seus olhos voltassem a ficar úmidos. De forma quase automática, tirou do bolso a caixinha dos comprimidos e, segurando-a nas extremidades com o polegar de cada mão, abrindo e fechando a tampa, concentrou nela o olhar enquanto brincava de girá-la.

– ... e ao mesmo tempo se pergunta se vale a pena tentar escapar, porque, se vão te pegar, é melhor que te peguem de bom humor, né?, e não com vontade de te meter uma bala entre os olhos e de sair logo depois para descontar o nervosismo da demora na família, é possível que tenham a ideia de te torturar a mãe ou sabe lá o quê...
– O Loiro ficou com a cabeça tão cheia que parou o furgão ali mesmo, para poder pensar um pouquinho, com calma, enquanto nos afanavam tudo... – riu Alberti.
E, com ele, observou Aleksandar, o resto da mesa. Sua mãe inclusive, por mais que as histórias relativas a riscos e penúrias do "negócio familiar" não fossem do seu agrado, especialmente na hora das refeições.
– Eu ficaria paralisada de medo, mas não de medo dos bandidos, não sei, de medo de tomar a decisão errada... – intercedeu Carolina, mostrando a Valera o fio da meada para que continuasse desenvolvendo seu relato.
E Valera se jogou, pois a prima Bardin era uma gostosa e bastava pouca matemática para perceber que era a única fêmea sem par da reunião.
– E o foda é que de um modo ou de outro de repente tudo, tudo, se acaba. Os caras se descontrolam e tchau. E se você também não tem a responsabilidade, a do dinheiro e a do seu companheiro. Você quer sair dessa, mas não quer sair sozinho nem que te joguem a culpa...

– O caso é que você decidiu parar o veículo... – do outro lado da mesa, Vitali o reencaminhou.

Nadia virou a cabeça e sorriu para o marido:
– Eu também estou começando a sentir um pouco de frio – anunciou arrastando os erres, uma característica que seu sotaque jamais tinha perdido. – E se formos pra dentro?

Mariana se apressou em aproveitar a deixa:
– Luis! Lu! Pra dentro da casa!
– Mã...! – protestou a menina.

Seu irmão, em compensação, corrigiu rapidamente a corrida e a intensidade do "brrrrrrr" que a acompanhava para, em vez de bordear outro ângulo da piscina, dirigir-se à porta de entrada.

Boris suspirou e se pôs em pé, pegou a cadeira pelo encosto e praticamente arrancou a da sua mulher, que ainda estava sentada.

– Deixa isso, você vai arrebentar as costas! – protestou ela cambaleando.

– Como se já não estivessem perfeitamente arrebentadas – respondeu ele, se dirigindo à casa, com um tom de voz que pretendia ser engraçado, mas que soou metálico, cansado.

Mariana virou o pescoço e olhou inquisitivamente para o marido.

– Eu cozinhei – respondeu Aleksandar dando de ombros ante o pedido não verbalizado.

– Já ajudo você, Russo! – gritou Alberti enquanto se apressava em pegar mais duas cadeiras e ia embora atrás dele.

María observou o deslocamento do assimétrico par até que ambos desapareceram atrás da porta da cozinha. Como se finalmente decidisse passar por cima de alguma falta da qual o resto não tinha sido testemunha, baixou a cabeça e se pôs a empilhar os pratos que Nadia tinha começado a esvaziar. As sobras, na maioria peles de chouriços e cascas de batatas na brasa, eram viradas na travessa manchada de *chimichurri* que um pouco antes abrigava as batatas chips para as crianças.

– Lucía, está frio, saco! – insistiu Mariana.

E porque seu marido continuava sem mostrar intenção alguma de se levantar e fazer algo produtivo, amassou o cigarro no cinzeiro e saiu atrás da menina para arrastá-la até o interior da casa.

Valera também não pôde resistir à política de deslocamento geral. Com a travessa da salada como álibi, colocou-se estrategicamente ao lado de uma Carolina dedicada a amontoar os copos, que aninhava sobre o braço cruzado horizontalmente junto ao tronco, encostando-os contra os peitos. Iván pegou o último que restava diante dele antes que a prima pudesse arrebatá-lo, cheirou seu interior, derramou o conteúdo na grama, encheu-o até a metade com aguardente e saboreou um primeiro gole, curto mas afiadamente doce.

– Você não comeu nada – disse Aleksandar apontando com o queixo em direção ao bife quase intocado no prato de Iván.

– Deixa o seu irmão em paz; se não tem fome, não tem fome – suspirou Vitali enquanto se punha em pé para acompanhar a esposa no caminho até a cozinha.

Iván, com um segundo trago, consumiu toda a dose de Legui, deixou o copo na mesa sem chegar a soltá-lo, seus dedos brincaram com ele durante alguns segundos. Então levantou por fim os olhos avermelhados, pigarreou, olhou para Aleksandar.

Mas não chegou a dizer uma só palavra.

María pensou que o sol se punha como se já não tivesse que voltar a nascer mais, nem na manhã seguinte nem em nenhuma outra, uma última explosão branca perdendo-se definitivamente no outro lado da serra, mergulhando a partir de então a cidade no silêncio e na treva. A ideia fez com que ela sentisse desejos de segurar a mão de Boris, de caminhar como estavam fazendo, mas de forma diferente, com menos espaço entre eles e unidos por mais pontes de pele e de calor, como quando tinham poucos meses de namoro e corriam para a casa de Florencia Lippi porque ali nunca havia pais à tarde, correndo praticamente todas as tardes e ainda assim procurando se tocar na corrida, o calor no peito e as têmporas latejantes, olhando-se de soslaio, convencidos de que qualquer pessoa que cruzasse com eles compreenderia imediatamente o que lhes estava acontecendo, o que estavam a ponto de fazer e que era justo que assim fosse, não havia escândalo possível porque se desejavam, porque se amavam, porque não podiam ficar um sem o outro e já lhes era bem difícil a separação das horas de colégio para que ainda viessem encher com um isso não se faz, minha filha, você é tão novinha, quando não, olha, você se safa porque é filho de policial, senão eu mesmo te cobria de porrada...

Não havia escândalo possível, mas houve um. Porque ela engravidou, a camisinha tinha se rompido ou estavam confiantes demais, e a mãe chorou, e as vizinhas falaram, e o pai andou durante semanas com a cara roxa da raiva que não podia descarregar, não na menina prenhe e, obviamente, não no filho de um tira. Mas para ela no fundo dava na mesma, dava na mesma que os planos se adiantassem, pois nunca fora boa aluna e ele de todo modo já era policial sem ser, estava encaminhado, mas não tinha ainda uma posição que pudesse ser debilitada pelo julgamento das pessoas. As crianças cedo ou tarde teriam chegado, até já haviam decidido dar o nome de Flor para a primeira neném... E era assim, Flor, que ia se chamar aquela neném que chegava mais cedo que tarde, mas nunca chegou, que Deus a tenha recebido desde esse momento na sua misericórdia.

Haviam regressado do hospital caminhando. Ele carregava a mala, não disse nada durante todo o trajeto. Ela tinha ainda dor no ventre, mas necessitava respirar, sentir o ar da serra no rosto, ver a expressão das pessoas com as quais cruzavam para se distrair e se esquecer de chorar por aquela ratinha envolta em toalhas brancas, por aquele pacote branco com manchas vermelhas que os enfermeiros depositaram numa bandeja metálica e tiraram da sala sem lhe dar a oportunidade de se despedir. Ele carregava a mala, não disse nada durante todo o trajeto, com a outra mão segurava a mão dela e a puxava suavemente...

O que María não conseguia recordar depois de todos esses anos, a uma quadra da casa já, sentindo falta dessa mão que puxava suave mas firmemente a sua, era a hora, a posição do sol, a cor da luz que se derramava sobre a serra naquele dia, o dia em que deixou o hospital para nunca mais voltar a ser mãe.

Valera avançou pelo corredor decidido a pegar o dedo que estava apertando a campainha e introduzi-lo no dono, no mais profundo do cu dele. Abriu a porta principal bruscamente, com tanta força que a corrente de ar agitou seu cabelo enquanto os lábios cerrados raivosamente relaxavam para adotar uma expressão de surpresa, quase de insegurança.

– Delegado... – murmurou.

– Valera... – o outro acenou com a cabeça como forma de cumprimento.

O dono da casa demorou ainda alguns segundos para reagir.

– Quer entrar? – perguntou finalmente, pondo-se de lado.

Rodríguez o observou de cima a baixo sem a menor dissimulação: a barriga inchada sob a camisa aberta, os *shorts* que ainda revelavam a ereção com a qual tinha abandonado o dormitório, as pernas finas e tortas que acabavam em chinelos azul-marinho com listras brancas,

iguais aos que suas filhas usavam na piscina... A associação o levou a fazer uma careta, como se acabasse de dar uma mordida num limão.
– Não, obrigado. Estava dando uma volta e aproveitei para vir te avisar.
Valera sentiu um estremecimento. Metade por causa do frio que entrava pela porta, metade porque sua casa ficava fora de mão de qualquer uma das voltas que seu superior pudesse dar num domingo à tarde.
– Para me avisar? Não estou entendendo...
Rodríguez tirou um chiclete do bolso. Desembrulhou-o, meteu-o na boca e amassou o papelzinho. Mascou uma, duas, três vezes, reduzindo lentamente a resistência da goma.
– Ontem recebi uma visita. Um idiota que mandaram da capital para investigar o assunto da sexta.
Fez uma pausa, dando oportunidade para que o outro contribuísse com sua própria versão dos fatos.
– Sim, também veio me ver... – sondou Valera.
– Foi o que ele me disse.
O delegado mastigava, os olhos outra vez entretidos com os chinelos do seu interlocutor, que de repente não lhe pareceram exatamente do mesmo modelo que o das meninas.
– Valera, você sabe que eu não ligo pra dinheiro...
O mencionado sorriu: a piada era velha, repetida com frequência na delegacia, e por ser reconhecível, lhe deu algo a que se agarrar:
– Sim, senhor delegado...
– ... mas o que não tolero é que alguém venha avacalhar a minha casa.
Sua expressão endureceu de repente, os músculos da mandíbula comprimidos por uma tensão que não se explicava unicamente pela presença do chiclete.

– Não sei se na sexta aconteceu algo estranho, não me importa porra nenhuma se na sexta aconteceu algo estranho. Mas, no que me diz respeito, todo esse assunto acaba aqui e agora. Entendido?

– Garanto que não estamos lhe escondendo nada...

Valera pegou a correntinha com a imagem da Virgem e fez menção de levá-la aos lábios, mas a mão de Rodríguez o deteve no meio do caminho.

– Acaba aqui e agora – repetiu, marcando a pausa entre cada palavra. – Entendido?

Com vários movimentos rápidos de cabeça, Valera concordou. Sentia a bexiga terrivelmente cheia, morria de vontade de correr até o banheiro e esvaziá-la.

– Sim, senhor delegado...

Rodríguez soltou sua mão da dele, lançou um último olhar, virou-se e caminhou os dez metros que o separavam do carro. Só quando o colocou em movimento para desaparecer rua abaixo, ocorreu a Valera fechar a porta.

Voltou pelo corredor como um boxeador que se levanta da lona, mas ainda não sabe ao certo onde se encontra. A cada passo, isso sim, sentia que a confusão cedia lugar à raiva. Já nem tinha tanta vontade de mijar. A sensação foi se transformar em um soco contra a parede meio metro antes da porta do dormitório; uma vez dentro, começou a abotoar a camisa sem nem olhar em direção à cama.

– Quem era? – perguntou Carolina, quase todo o corpo sob o edredom, mas uma perna nua aparecendo, a meio caminho entre tudo bem e sair correndo caso fosse preciso.

Valera continuou sem levantar a vista:

– Desculpa, tenho que sair por conta de uma obrigação... – murmurou.

Ao vestir as calças, surdo aos protestos da mulher, reparou no envoltório amassado com cheiro de chiclete de menta que tinha estado apertando no interior da mão direita.

– Vania... – Vitali colocou a mão no ombro do seu filho e apertou com suavidade.

Iván abriu bruscamente uns olhos desconfiados, ainda avermelhados apesar da hora e pouco que esteve dormindo; manteve--os cravados nos do pai enquanto passava a língua pelos lábios.

– Que horas são, *che*? – pigarreou.

Vitali se ergueu, levantou o braço e olhou para o relógio no pulso.

– Nove e vinte.

Iván tirou os pés do sofá, sentou-se, concordou com a cabeça enquanto o pai se deixava cair na poltrona do outro lado da mesinha, bem na frente dele. O almofadão havia lhe gravado um desenho de linhas brancas que atravessavam superfícies roxas no lado direito da cara.

– Todos já foram embora... – meio constatou, meio perguntou para encadear com isso um bocejo completo.

– Não estou vendo ninguém... Não estou vendo ninguém... – repetiu Vitali levantando as sobrancelhas e abrindo dramaticamente os olhos, passando os olhos pelo cômodo na ida e percorrendo-o também na volta. O vigia paranoico. Quando criança, Iván morria de rir com aquela história. Dessa vez apenas sorriu.

– Estou tendo problemas para dormir – disse virando o pescoço de um lado para outro, tentando estalar a coluna cervical. – Que bom que pude descansar um pouco...

– E isso porque você nunca sofreu tanto quanto o seu irmão...

Revelou-se fugaz e leve, mas ainda assim perceptível, o modo como Iván semicerrou os olhos ante aquela menção.

– Boris gosta de sofrer por nada – contemporizou.

Vitali não pôde deixar de se colocar na defensiva:

– Enquanto você tem motivos mais reais do que viver com três balas no corpo...

Pareceu que Iván se continha, que escolhia as palavras com mais cuidado que antes, a fim de não recair numa discussão que, por ser antiga, não levaria a nada novo. Demorou ainda alguns segundos para achar uma resposta.

– Neste país de merda, quem não tem um ou dois motivos reais...? – suspirou e entre os dentes acrescentou: – Ou três.

Vitali negou com a cabeça, apertando os lábios. Jamais havia passado por homem particularmente paciente, seu trabalho não havia sido o mais adequado para isso, mas as energias que a idade vinha lhe arrebatando levavam também consigo o instinto de polemizar, a tendência de stalinizar a conversa de que Nadia costumava se queixar. Por esse motivo, embora quisesse continuar falando de Boris e teimando nas balas, reafirmando a coerência que havia conduzido seu primogênito a se converter num homem alquebrado, preferiu tentar a sorte em outro tipo de terreno.

– Você está trabalhando? Encontrou alguma coisa?

Iván se pôs em pé, contornou a mesinha de centro, beijou o pai na face esquerda.

– A mamãe está na cozinha?

Vitali fez que sim com a cabeça. Não insistiu até que ouviu abrirem a porta atrás da sua poltrona.

– Vai me responder? – perguntou virando o pescoço até a metade do caminho, a noventa graus ainda de conseguir ver o filho.

Iván parou, mas também não se voltou.

– Faz pouco tempo encontrei mais que nunca, pai, mas a coisa durou o mesmo de sempre.

– Pouco e nada... – murmurou Vitali ao cabo de alguns segundos, depois de a porta já ter sido fechada. – Durou pouco e nada...

Mariana se deitou na cama com um suspiro dramático e prolongado rasgado de colchonete, lamento que, portanto, pretendia significar muito mais que o mero cansaço acumulado depois de passar o dia inteiro com familiares, sem uma meia hora boba de intimidade que alguém dedica a si mesmo, pensando besteiras ou fazendo palavras cruzadas ou encontrando a solução para a problemática macroeconomia nacional. O fato de não dirigir o olhar ou a palavra para Aleksandar, a concentração com que ficou grudada ao televisor e ao programa do Tinelli, que havia semanas vinha detestando, também faziam parte da mensagem. Argumento mudo que ganhou forma completa quando revirou a gaveta da mesa de cabeceira para pegar o maço de cigarros e levar um deles à boca, quando continuou a ruidosa exploração dos intestinos do móvel até encontrar o isqueiro, quando acendeu o cigarro e deu duas ou três tragadas breves, mas carregadas de intensidade no modo de puxar o fumo e expirar a fumaça.

– Quer que eu mude de canal? – perguntou ele como quem mede a profundidade das águas pelas quais navega.

Ela negou com a cabeça, deu uma nova tragada, arregalou os olhos ao ouvir que no outro quarto Luis lançava um prolongado grito de protesto contra algo que sua irmã havia feito ou deixado de fazer. Quis se levantar mais uma vez para pôr ordem, mas parou no meio, já que o marido havia saltado da cama para abrir a porta, dar duas pernadas pelo corredor, bater com o punho contra a parede do quarto das crianças e reclamar calem a boca, cacete, é hora de dormir!

Aleksandar aguardou alguns segundos no escuro. Nem risinhos nem mais brigas, silêncio. Voltou, fechou a porta atrás de si, e encontrou os olhos de Mariana à espera dos seus.

— Estou cansada, querido...
Ele tentou ganhar tempo. Suspirou. Disse sem desviar o olhar:
— Eu também, amor, foi um dia supercomprido...
Curiosamente, pertenceu a Boris e não a uma possível vida sem Mariana o lampejo que o assaltou quando se deitava de novo no seu lado da cama. O espectro da dúvida constantemente prorrogada, o medo de não cumprir uma responsabilidade que nada nem ninguém lhe atribuíra, que por hierarquia fraterna jamais lhe caberia e que, no entanto, o tomara de assalto para não abandoná-lo mais naquelas duas noites em claro no hospital. Lógico que não podia contrabalançar o trabalho que sua esposa diariamente desempenhava na casa e com as crianças retrocedendo ao tiroteio, eximindo-se na sombra que ainda se projeta em sua família tantos anos depois e inclusive nesse mesmo instante, tão etérea quanto quisesse, mas inevitável. Como verbalizar que, além do trabalho diário e reconhecido, estava desempenhando as funções de guarda-costas do irmão; que com frequência essa vigilância o distraía; que em certas ocasiões, especialmente cada vez que Boris retomava a fantasia das ligações para Heinrich, isso inclusive o esgotava?

A reverberação de pensamentos parou de repente com a irrupção de um novo relâmpago. Mariana estava chorando, em silêncio, mas chorando, afinal de contas?

Aleksandar sentiu vontade de fechar os olhos e dormir uma semana inteira. Fechou os olhos, sim, mas voltou a abri-los de imediato.

Se sua esposa não devia se converter em María, e sua esposa não devia se converter nunca, jamais, em outra María, ele... Visto de outro modo, o irmão mais velho era um exemplo precisamente de tudo o que não devia se repetir.

Porque, como Boris ia virar a página se ninguém ao seu redor havia feito isso antes? Se ele mesmo não começava a deixar para trás o tiroteio, as noites em claro no hospital, todos esses anos de viver alerta? Era possível que, na aceitação dessa possibilidade, residisse o verdadeiro dever do qual ele se sentia credor? À força de nunca aparecer no maço, a carta de Heinrich acabaria por cansá-lo. As lesões, um acidente como qualquer outro, e quanta gente não continuava vivendo apesar de arcar com cicatrizes muito piores... De tanto ser usada, a camisa de Aleksandar estava se esgarçando. Era ali que residia a lição a ser transmitida, saber desistir tarde, mas não tarde demais, fora de tempo, mas ainda a tempo.

Desligou a televisão com o controle remoto. Mariana permaneceu absorta na tela agora escura, só se moveu para apagar o cigarro no cinzeiro do criado-mudo.

— Vai, vem aqui... — disse Aleksandar dando palmadas no edredom, na terra de ninguém que os separava; e, porque ela não fazia menção alguma de reagir, acrescentou: — Você tem razão, querida...

Mariana virou a cabeça como uma marionete que salta da caixa surpresa. A expressão também era parecida, desfigurada, a meio caminho entre o afetuoso e o grotesco, e certamente não havia sinal de lágrimas nela.

— E no que tenho razão, me diz? Porque quero saber se estamos falando da mesma coisa ou se você pensa que sou uma tonta que se contenta que a escutem durante cinco minutos e aí deixa que transem com ela de novo...

Aleksandar cravou os incisivos no lábio inferior, olhou as meias brancas que, no final de suas pernas, despontavam sobre o horizonte da cama, sentiu que o peso em seu peito não se decidia a abandoná-lo.

— Você sabe a que me refiro...

Ela lhe concedeu ainda alguns segundos de indulgência, mas a Aleksandar não ocorreu nada engenhoso para suavizar a tensão ou suficientemente inocente para explicar suas razões sem acender ao mesmo tempo o pavio de uma briga.

Mariana lhe deu as costas, meteu ambas as mãos sob o travesseiro, sequer lhe desejou boa noite quando alguns segundos mais tarde ele decidiu cobri-la com o edredom.

O argentino é um lobo para o homem, todo homem, sem importar sua nação ou circunstância, menos para seus próprios compatriotas. Para seus compatriotas, o argentino é mais. Um mais que, me perdoe a obviedade, implica o pior, o tubarão brutal de Spielberg, ruas sem qualquer tipo de canídeo triste e ululante, esse constante subir um ou dois degraus na escala do vou te sacanear para não te dar a oportunidade de, passados cinco minutos, você me sacanear. Desde que esse caminho leve efetivamente para cima, não se trata de uma espécie de ralo evolutivo. Não, ora essa. Nós vamos marcar involuções? Nós, que durante um longo século estivemos abertos ao desembarque de todo tipo de sangue? Não deve surgir daí, dessa mistura constante e da seleção natural, alguma forma de perfeição genética? Será que já não a temos, que não estamos usufruindo dela há anos, abraçada imediatamente ao descer dos barcos que atracavam diante da Boca e otimizada pela prática diária de foder o próximo, nosso esporte favorito depois de dar chutinhos na bola. Darwinismo no seu expoente máximo: a língua afiada, o cotovelo ágil, os dentes preparados, a camisa arregaçada para quando chegar a hora de o espertalhão dar porradas. Porque a hora das porradas sempre chega, amigo, e então custa muito a ir embora.

Voltava da confeitaria, de um café com leite espantoso e umas medialunas nada memoráveis e de uma ligação para a Lola que ficou entre um e outro, aguada no princípio, mas com um saborzinho doce no final. A conversa, porém, foi breve, mas ela também não é de grandes esporros, e os domingos solitários, tutelando adolescentes, mas sem ninguém em condições de se entediar ao seu lado, são muito mais domingos. E em Buenos Aires não há serra para a qual olhar pela janela, não há um vento que te varra o peso arrastando-o vale abaixo, não há um céu limpo e estrelado que convide a passear e a pensar e a decidir deixe de lado essa melancolia de merda, você está aqui, faz o que tem que fazer e aí volta para casa, obrigado, tchau. O que a serra, o vento, as estrelas jamais não levaram em conta, claro, foi o fator argentino.

Não o vi sair do beco. Mas intuí a sombra que se movia fugaz entre as sombras, o suficiente para me afastar com um pequeno salto e para que a barra, caindo na diagonal, se chocasse na lateral da panturrilha e não em cheio contra o joelho, a dor que dói menos quando você sabe que não te quebraram nada ainda, que você continua em condições de se mover e se defender, e talvez inclusive de partir a cara de seu agressor. O que vem antes, as lágrimas te saltando dos olhos ou a explosão de adrenalina te queimando as mais distantes ramificações sanguíneas do seu corpo? Na confusão do acontecimento ao vivo, diria que costumam chegar juntas. Na sobriedade do terceiro tempo no boteco da esquina, acrescentaria que, se você deseja sobreviver neste país, se de verdade quer ter uma oportunidade, não pode deixar que a surpresa vença, nunca, jamais.

Portanto, os olhos chorosos e uma dor do cacete correndo perna acima à velocidade do maluco do Ben Johnson entupido de esteroides, sim. Mas também o cotovelo que se mexe e ganha força no giro da cintura e se lança para trás buscando algo, carne, osso, o que for, algo para igualar a partida e ganhar meio segundo para inspirar o ar que de repente te tiraram, e limpar com o dorso da mão o nariz que escorre, para poder girar e enfrentar seu adversário em condições razoáveis. Uma loteria, o cotovelo disparado assim, como um louco. Mas no corpo a corpo não é bilhete desprezível, e o meu estava premiado: eu o havia arrebentado bem acima da orelha, por isso o barulho de chocolate que se parte ao meio. De modo que me deparo com o outro de quatro no chão, a cabeça toda coberta por uma meia, movendo-a como quem segue o voo de uma borboleta, uma das mãos onde ele levou o golpe, como se os dedos lhe estivessem falando frouxo ao ouvido, a barra rolando entre gemidos metálicos pela calçada. E esse pode ser o momento de muitas coisas, amigo, mas continua não sendo o mais feliz para que você sinta dúvida. Por isso dou com o punho nele de cima a baixo, na cara e quanto mais mandíbula encontro pelo caminho melhor. E como não parece suficiente, porque o cara ainda se mantém de quatro, meto-lhe um pontapé no estômago. Aí me falha a perna de apoio, que, embora tenha primazia no ataque, não deixa de ser a perna ferida, e caio de bunda enquanto o outro por fim desaba, e penso, você pode pôr uma loja de lingerie inteira em volta da cabeça, corno de merda, que essa colônia eu conheço, e presta atenção, porque toda esta história vai começar a ser resolvida aqui mesmo, na saída do beco, a dez metros da entrada do hotel, a um andar de distância do quarto onde eu poderia ter me trancado para assistir ao noticiário e para jogar cara ou coroa a respeito dos passos a serem seguidos pela manhã.

Mas nesse ofício semear é tudo, sabe?

Dirige, ordenei assim que entramos no carro, ele ao volante e eu ao seu lado, do alto da autoridade que concede vencer uma briga e guardar uma arma no bolso do casaco. Dirige, antes que eu faça você pôr a meia de volta e te confunda com um saco de pancada. Para onde?, perguntou com bem mais discernimento do que eu supunha, em geral e especialmente depois dos golpes acertados. Para casa, Valera, para casa... Uma centelha de surpresa cruzou seus olhos. Ou talvez fosse medo. Possivelmente, metade de um e metade de outro. Mas você arranca sem perguntar mais nada, compreende que perdeu a oportunidade de me tirar da jogada e que agora tudo o que é seu é meu, Banco Imobiliário do caralho que você arranjou, sabe que agora não vou deixar você levar as peças sem mais nem menos, que falaremos demoradamente e, conforme for, consideraremos ou não a possibilidade de uma fiança.

Durante os quinze segundos seguintes não demos nem um pio, o jogo já entrando em outra fase, sem aquelas surpresas que te deixam com a cabeça aberta no meio da rua, uma estratégia mais de posição, mais de se estudar mutuamente. Só que nós dois não nos encontramos no mesmo plano, eu te vejo inteiro de cima e você não consegue ver mais que minha cabeça, que aparece no alto do seu buraco. Uma cabeça que te observa. Pura gestão do medo, que você quer esconder e que eu necessito inspirar. Silêncio, o ronco do motor, as mudanças de marcha que pigarreiam antes e depois de cada semáforo. Ruas desertas, os postes de luz que vão escasseando, os faróis do carro iluminando ora asfalto ora terra. E mais silêncio.

Estacionou diante da casa. Quando desligou o motor, tirei as chaves do contato e as meti no bolso do casaco. Mostrei-lhe a pistola, apenas para que se lembrasse dela. Espera, que vou aí te pegar. Abri a porta, saí, um espasmo me percorreu a perna ferida e tive que apertar os dentes para não buscar apoio na carroceria. Para não demonstrar sintomas de debilidade, para não começar a perder a vantagem. Fui até seu lado mancando o mínimo possível. Porque sem dúvida eu mancava, o músculo endurecido do joelho ao tornozelo, com perna de pau não terei a menor oportunidade

54

se lhe der na telha sair correndo. Isso me fazia lembrar de que filme? Era um oficial da Gestapo ou um policial que arrastava a perna atrás de si? Olhei de um lado para o outro, a rua morta, o vento frio. Fiz sinal para que ele abrisse a porta e saísse, a pistola sempre à vista, sempre na mão, as balas correm mais que você, essa é a mensagem. Apesar da pouca luz, pude ver que ele estava com a face deformada, o olho esquerdo diminuído por conta do inchaço. Indiquei com um movimento de pescoço que avançasse rumo à entrada, me posicionei atrás dele, sem cometer o erro de lhe cravar o cano nos rins. Estou na sua cola, mas você ignora a distância exata; talvez fora do seu alcance, talvez suficientemente perto para te acertar dois disparos antes que você possa se meter na casa com um salto e me bater a porta no nariz, essa é a mensagem. Pegou a chave, abriu, acendeu a luz do hall. Entrou lentamente, levantando as mãos, o chaveiro enfiado num dos dedos. Fui atrás dele, empurrei a porta com as costas e contra a corrente de ar até que fez craque.

E às vezes o que se fecha aqui se abre ali, viu? Essa ia ser a mensagem.

Aparece no corredor uma garota meio pelada, provocante, uma beleza ruiva que eu não teria associado com você mesmo que tivesse acertado na loteria e fosse dono de uma casa com piscina em San Isidro e pudesse pagar por ela custeando o transplante de fígado da criança doente. A garota me vê e como que não entende, seus lábios que eram luxúria agora estão confusos. A garota vê a pistola e já começa a entender, seus olhos, antes confusos agora expressam medo. A garota dá um pequeno passo para trás a fim de voltar por onde veio, e eu dou um passo para a frente e vou atrás dela, cruzo a salinha rapidamente, pernadas que enviam relâmpagos de dor membro acima, eu a agarro pelo braço antes que possa se trancar no quarto e a contenho e arrasto de volta para a salinha, e começo a me virar para controlar onde você está, pensando que o perdi de vista durante muito tempo, e então noto o punho na mandíbula e vou à lona, vou à lona com garota e tudo.

Não é este trabalho que deixa voce louco. O trabalho lhe dá o pretexto; a loucura já estava dentro de você.

Um, dois, três golpes no estômago, no fígado, no peito. Ajoelhado junto a mim, os braços caindo como marretas. A garota berra não sei de onde, de algum ponto à minha esquerda, já não noto a carne macia debaixo de mim. Mas para você ela não importa, o que você quer é me abrir ao meio, me arrebentar a alma. Você se senta sobre mim, dois punhos no meu queixo, o esquerdo e agora o direito, se você pudesse se ver, pensaria nos micos que tocam pratos no museu dos brinquedos, o punho esquerdo e agora direito, um--dois, um-dois... Mordo a língua e já não sei se o sangue que me enche a boca veio do nariz ou se me arrancaram um pedaço ou se me quebraram um dente, a dor é tão intensa que só penso em escapar dela, e é um pensamento automático enquanto meu corpo aguenta os socos, e aí alguma parte do meu cérebro se dá conta de que nada vai te devolver a autoridade durante uma briga desesperada como ter uma arma na mão.

E eu tenho uma arma na mão.

Você esqueceu a arma na minha mão.

Você esqueceu a arma.

Você esqueceu a arma imbecil, filho da puta.

Eu não, minha mão não.

Um-dois, um... Não há dois.

Após o disparo. Silêncio. Deixo de notar a pressão no estômago. Gemidos, a garota. Tento abrir os olhos. Pesam pra cacete, as pálpebras, cada uma do tamanho da porta da ilha do King Kong. A luz do teto dói. Fecho. Abro. Viro o corpo para um lado, jogo o peso sobre o cotovelo. Uma mancha verde, o sofá. Apoio-me nos joelhos, nas palmas das mãos, e onde foi parar a merda da pistola... Abro a boca, deixo o sangue jorrar até o chão, cuspo um resto depois de misturá-lo com saliva. Pisco. Levanto-me, um pé e o outro. Penso que não vou conseguir, mas mantenho o equilíbrio. Pisco. Focalizo. Uma mancha branca que começa a ser você, sentado no chão junto à mesa, o braço esquerdo esticado, agarrado ao encosto de uma cadeira, a outra mão contra o estômago, como Napoleão, então foi aí que te acertei, você me olha. Tem uma bala na barriga, está morrendo, e você olha. Passo a língua pelos dentes, não vou me pôr a contá-los agora, mas a sensação é de que não falta nenhum. Faço que sim com a cabeça. A cabeça me dói. A garota chora, você me olha. A cara entorpecida, as têmporas latejantes, me dói respirar, você me olha. Penso em Lola, penso nela me vendo assim, me recebendo, se horrorizando ao abrir a porta para o homem elefante, ao acordar ao lado do homem elefante.

Joseph Merrick.

O homem elefante se chamava Joseph Merrick.

E você me olha.

E você vai para o diabo que te carregue, assim, me olhando.

Mas isso não é suficiente.

Por isso pego a pistola do chão. Por isso agarro a garota pelo braço e a levanto.

Você continua me olhando, olha bem, seu corno, Valerinha do caralho.

A garota chora, treme, eu a empurro contra o encosto do sofá, eu a inclino contra o encosto do sofá, segurando-a pela nuca, a mão entrecruzada por faíscas ruivas. Aproximo a pistola da sua cabeça, ela fica quieta. Compreende. Chora, treme, mas em silêncio.

Você está vendo bem?

Que espécie de macho você é se não sabe cuidar da fêmea que te espera, meio pelada quando volta para casa, me diz...

Não, não me diga mais nada. Observa simplesmente.
Disparo.
A garota já não chora, treme pela última vez, já não se move, murcha.

O nojo explode no meu peito como o cogumelo de Hiroxima, e o preto e branco da imagem não o torna mais tolerável. Viro e vomito. Sangue, café com leite, medialunas. Bílis.

Grandessíssimo louco filho da puta.

Viro em direção a Valera. Aproximo-me dele. Aponto a pistola para a sua testa. Está com os olhos abertos, mas com todo o jeito de já ter fechado o resto do corpo. Disparo mesmo assim.

Quero tomar um banho, dormir.

Onde foram parar as chaves da casa?

Depois de recolher as cápsulas e baixar as persianas e passar o trinco na porta, enquanto manco até o carro e respiro o ar gelado como se o nariz tivesse doze orifícios, em vez dos dois de praxe, por fim me vem à cabeça. Quem arrastava a perna naquele filme era um oficial da Gestapo.

E a lembrança tampouco me faz sentir realmente melhor, não é?

Ao apertar o interruptor, abaixou o queixo e fechou os olhos com força, consciente de que a luz ia cegá-lo apenas meio segundo antes que ela efetivamente o cegasse. Sentiu, na escuridão banhada por clarões que irrompera por trás de suas pálpebras, um início de vertigem, um formigamento que lhe subiu pelas pernas desde a planta dos pés e uma leve inclinação para o lado que o levou a se agarrar com as duas mãos na pia, ao menos por precaução. Esperou que passasse. Às cegas abriu a torneira, escutou o correr da água por alguns segundos antes de colocar as mãos em concha sob o jorro. Inclinou a cabeça para a frente e levou as mãos e o líquido ao rosto. Esfregou os olhos. Limpou a garganta com pouca convicção, temeroso de acordar María, mas mesmo assim conseguiu cuspir algum muco. Buscou de novo a água, repetiu o procedimento, molhando dessa vez também a nuca e empapando com isso a gola da camisa do pijama.

Fechou a torneira, ergueu-se, tirou a camisa e a deixou cair junto aos pés.

Pela primeira vez desde que entrara no banheiro, Boris abriu os olhos.

Refletida no espelho aguardava-o a mesma geografia de todas as manhãs. Por percebê-la ainda um tanto esmaecida, deixou que o olhar fosse se acostumando, esperou focalizá-la até obter uma composição perfeitamente definida. Nítida inclusive nas três marcas de carne lisa que interrompiam a penugem do seu peito e do seu abdômen, manchas que o pelo há anos rodeava com estratégia de redemoinho, mas que certamente se mostrara incapaz de repovoar.

Boris levou a mão direita à cicatriz mais alta, passou os dedos indicador e médio pela clavícula, recioso de sentir algum mal-estar físico, e por isso fez pressão sobre a ferida como quem aperta o botão do elevador. A dor não provinha dali, isso era evidente. Deixou a mão cair; desenhando um oito, contornou as outras duas marcas, seus umbigos tapados; insistiu naquele circuito de uma para outra até se convencer de que ambas se mostravam igualmente indiferentes ao tato.

Insensíveis e estéreis.

Mortas.

Como quem se queixa da perna que já foi amputada há anos, pensou.

Boris levantou o pulso, arregaçou a manga do casaco e pressionou o botão que iluminava o mostrador do relógio. Sete e onze, e doze. Quando Aleksandar chegou ao seu lado, olhou-o de cima a baixo, os cantos dos lábios virados numa expressão que denotava ao mesmo tempo estranheza e contentamento.

– O que você está fazendo aqui fora? Queria morrer de frio e não sabia como?

Do outro lado do vidro e do balcão, o Gordo Manrique se aprontava para servir o café ao primeiro cliente da manhã.

– Vim dizer que hoje não vou ficar.

– Como assim hoje não vai ficar? – Boris meio sorriu, meio abriu a porta. – Vai, entra, eu tomo o comprimido e você me conta...

O irmão negou com a cabeça.

– Compro umas *medialunas* – apontou com um movimento de pescoço e elevando as sobrancelhas em direção à confeitaria às suas costas, do outro lado da rua escura – e vou tomar o café da manhã com a Mariana e as crianças.

Boris franziu simultaneamente os lábios e a testa, deixou de fazer força contra o vidro, abaixou a cabeça como quem se prepara para receber um golpe, mas tenta ao mesmo tempo minimizar o impacto.

– Aconteceu alguma coisa, Álex?

Foi a vez do outro querer suavizar a situação mostrando um sorriso.

– E o que poderia ter acontecido? Não aconteceu nada, claro que não – disse enquanto tirava instintivamente as mãos dos bolsos do agasalho e mostrava as palmas nuas para o irmão. – Estou com vontade de tomar café com as crianças, é só isso...

O abraço pegou Boris desprevenido. Tanto que nem tivera tempo de retribuí-lo com a devida intensidade e o irmão já o havia soltado para se virar e cruzar a rua na diagonal.

– Álex! – gritou ao se lembrar de que precisava avisá-lo.

– Fala! – respondeu Aleksandar virando a cabeça, mas sem parar.

– Amanhã não trabalho, a gente se vê na quarta!

– Fechado! – concordou.

Boris esperou que o vulto do irmão alcançasse a calçada da frente, viu-o surgir das sombras ao ser iluminado pela luz da vitrine da confeitaria e entrou por fim no estabelecimento. Por não saber se ia até a mesa de sempre ou se sentava numa das banquetas altas diante do balcão, já que afinal de contas iam lhe arrebentar as costas do mesmo jeito, se não um pouco menos, ficou plantado na metade do caminho entre a primeira e a segunda opção.

– E o seu irmão? – perguntou Manrique para passar o tempo enquanto o outro decidia o que fazer da vida.

– Hoje não vai ficar – respondeu Boris distraído.
– Hoje não vai ficar? – repetiu o outro como se fosse um eco, com a devida entonação interrogativa, de qualquer resposta que lhe dessem. Boris fez que não com a cabeça, aproximou-se do balcão.
– Não, hoje não vai ficar – confirmou enquanto tirava lentamente o casaco. – Me vê um copo de água, *che*?
– Um copo de água? – ecoou o Gordo mais uma vez enquanto abria a torneira para satisfazer o pedido. – Hoje você não quer chá? Vão me mudar todo o esquema de um dia para outro?
– Quero, quero chá, sim – respondeu Boris distraído, observando do alto da banqueta em que acabara de subir, como se quisesse avaliar sua firmeza e, sobretudo, o grau de ameaça que podia representar. – E me vê também o sanduíche de queijo e presunto que o Álex não vai comer, assim não lhe estragamos mais o esquema, né?
– Certo – concordou Manrique com o gesto satisfeito de quem fecha um negócio não espetacular, mas razoavelmente decente.

A cada novo sinal de chamada, o sorriso curvava mais e mais os lábios de Alberti, ciente de que um corpo tal como Deus o trouxe ao mundo seria o único obstáculo a se interpor entre Valera e a corporação com uniforme azul-marinho. É verdade que aquele não era o melhor dos dias para se atrasar, do jeito como as coisas estavam, mas o próprio Alberti havia visto a gostosa com que seu companheiro deixara a casa dos Bardin na tarde anterior; tinha consciência de que, para um homem casado como ele, não aproveitar tal oportunidade era de fazer chorar, o que dizer então de um cara separado, punheteiro, que desde os dezesseis anos vinha anotando num caderninho azul o nome, a cor do cabelo e o tamanho do sutiã de cada uma das suas conquistas? Assim, o telefone tocava e tocava e Alberti sorria e sorria, imaginando que do outro lado da linha Valera xingava diante da insistência da ligação enquanto transava com a prima ruiva. Enquanto transava com ela por trás, de quatro, segurando-a pelo cabelo, que é como ele gostava, o quarto uma confusão de lençóis manchados e amarrotados, uma garrafa de vinho tinto virada e sangrando as últimas gotas ao lado da cama, o gemido da garota respondendo a cada embate e fazendo eco ao sinal do telefone.

– Malandro filho da puta... – murmurou enquanto desligava o aparelho.

Alberti levantou a cabeça, inflou as bochechas, passeou o olhar ao seu redor sem prestar muita atenção ao movimento matutino na sala principal da delegacia, soltou o ar e decidiu que estava se mijando.

– O sacana te deixou na mão – constatou Flores do outro lado da mesa, sem tirar os olhos do relatório que preenchia com caligrafia redonda e pulso lento e consciencioso.

Alberti deu de ombros.

– Você sabe como ele é, depois te paga uma Quilmes e tudo bem.

Flores fez que sim quase sem se mexer, como se temesse que o mais ligeiro movimento alterasse o traço perfeito da sua caneta.

– Sacana, mas um homem de bem, o nosso Valera... – afirmou enquanto escrevia um "o" no final de uma palavra para em seguida cruzá-lo com o correspondente rabinho.

– Sim... – respondeu Alberti, dirigindo-se ao banheiro.

– Estou cansada, juro.

Não era a primeira vez que María tomava parte naquela mesma conversa.

– É normal, tia...

– O que é normal?

E, no entanto, María ainda podia cometer erros de principiante. Por isso titubeou, o equivalente telefônico de quem percebe que está começando a escorregar no piso recém-encerado e quer se assegurar de que não vai cair.

– É normal que ela necessite construir sua vida sem ter que dar satisfação de tudo para a família, e é normal que a senhora necessite mantê-la um pouco mais controlada...
– Controlada? O que você quer dizer com controlada? – interrompeu-a aquela voz que parecia pertencer a uma galinha que andasse pelo pátio com o pescoço já meio retorcido e que soou especialmente agressiva na reverberação do aparelho. – Me parece senso comum que enquanto ela viver nesta casa...
E, no entanto, María ainda poderia se sentir agredida. Por isso se indignou, o equivalente telefônico de quem não quer continuar fazendo malabarismos ridículos e decide dar um senhor passo para a frente, por mais que a possibilidade de acabar dando com o traseiro no chão cresça assim de forma exponencial.

– A Caro já tem dezenove anos, tia. É uma mulher adulta, goste a senhora ou não. Ela podia ter ligado para lhe dizer que ia passar a noite fora? Podia, e talvez até devesse ter feito isso, não digo que não. Mas enquanto a senhora não aceitar que ela já não é a criancinha que se podia mandar para a cama às nove, enquanto não ceder um pouco, me parece que vocês vão andar às turras durante todo o tempo que lhes reste viver juntas.

O silêncio do outro lado da linha foi desanimadoramente curto.

– Na verdade algumas vezes não há forma de falar com você, querida. – Podia se pressentir a ofensa no tom de gravidade que adotou. – Vou ligar para a Mariana, que teve filhos e sabe como são essas coisas...

E, no entanto, María ainda se surpreendia com os níveis de crueldade que os membros da família de seu marido conseguiam alcançar. Por isso ficou com o fone pesando na mão e o ruído de ligação cortada ferindo o ouvido, o equivalente telefônico de quem acreditou que estava diante de uma solução ajuizada e de um risco moderado, mas acabou arrebentando a boca ao cair no maldito piso encerado.

– Devo ficar nervoso, Alberti?

O interpelado virou a cabeça de forma automática, notou que o dorso da mão com a qual afastava a cueca e a braguilha se umedecia sob uma garoa de gotas finas e quentes, as que havia lançado ao mictório antes da súbita mudança de direção e de o jorro se chocar contra a parede.

– Delegado... – reconheceu Alberti sem dizer grande coisa, mas para responder algo, um intervalo de voz que lhe valesse os segundos necessários para voltar o olhar à atividade que nesse momento reclamava atenção com mais urgência e assim reconduzir devidamente seu desenrolar.

– Mija, mija tranquilo... – aceitou Rodríguez recostando o quadril contra a pia.

Alberti fez que sim com a cabeça, por um lado concentrou-se em acabar de esvaziar a bexiga, e por outro começou a se perguntar o porquê daquela aparição do delegado no banheiro. Enquanto sacudia o prepúcio com dois dedos, analisava as ramificações a que a questão que havia sido formulada podia conduzir, e, confuso, só conseguiu decidir que o incômodo que sentia não se devia exclusivamente à causa mais imediata, ao instinto não satisfeito de correr para aplacar com água fria a sensação de umidade morna na mão recém-regada. Incapaz de chegar a maiores conclusões, delicadamente recolocou o membro no interior da cueca, fechou o zíper sentindo que, apesar do esforço prévio, uma última gota umedecia o tecido das calças, e se virou para encarar seu superior.

– Senhor... – meio se perfilou.
Rodríguez inclinou a cabeça em direção à pia na qual estava apoiado:
– Você não vai lavar as mãos?
Alberti havia estado a ponto de esfregá-las nas laterais das calças. Por isso, seu subconsciente surpreendido em falta, notou um calor nas faces e se precipitou para a frente a fim de abrir a torneira, o que por sua vez obrigou Rodríguez a se afastar para guardar distância e, sobretudo, evitar que o choque da água contra o mármore o respingasse.
– Pronto – disse Alberti quando terminou, notando ainda o sangue na face e a dúvida na cabeça.
O delegado o observou em silêncio durante dois, três segundos, a mandíbula inferior se retesando e relaxando ao mastigar um chiclete.
– Bom, talvez agora você tenha a bondade de me dizer se devo ou não devo ficar nervoso...
– Receio não estar entendendo... – titubeou Alberti.
– Receio ter que explicar tudo a você... – Rodríguez se ofereceu, franzindo o bigode, olhando as botas e cruzando as mãos atrás das costas sem pressa, como se realmente necessitasse organizar as ideias.
– E vou te explicar seguindo os dias da semana para que fique mais simples. Na sexta roubam o dinheiro de um carro-forte que dois dos meus homens escoltavam. No sábado vem me ver um idiota que na verdade é um idiota da capital, um idiota oficial que quer se assegurar de que os meus homens não tiveram nada a ver com o roubo do furgão que escoltavam. E, claro, eu lhe asseguro que não com muito prazer, acima de tudo porque meus homens jamais vão se envolver num assunto desse tipo, jamais... Meus homens perseguem os bandidos, às vezes os prendem e às vezes não, mas eles não vão ser bandidos. Até aqui você está me acompanhando?

Alberti preferia não ter que responder, que fosse suficiente balançar repetidamente a cabeça. Mas o silêncio se prolongava; não teve outro remédio senão levantar o olhar e enfrentar os pequenos olhos azuis do seu superior, enfrentar a onda que ritmicamente seu bigode desenhava a cada nova dentada na goma de mascar.

– Estou acompanhando, sim – respondeu.
– Bom garoto. Então me diz: onde eu estava?

Alberti não pôde deixar de sorrir. Metade fruto do nervosismo, metade fruto da constatação de que o delgado era um rematado filho da puta.

– Que seus homens não roubam nada... – murmurou entre os dentes.
– Você não está me escutando, tampinha.

A voz de Rodríguez havia endurecido, seus braços se cruzaram sobre o peito.

– O que eu disse é que meus homens não vão ser bandidos, porque não há aqui quem tenha colhões para persegui-los. E agora?
– Agora... – Alberti sentiu que o ar voltava a lhe encher os pulmões.

Nisso o delegado passou ao seu lado, abriu a porta do reservado, cuspiu o chiclete na privada, retrocedeu e, as mãos nas costas, voltou a se plantar diante dele.

– Continuo com a história então... Já estamos no domingo. E no domingo percebo que não descanso bem, não posso descansar no meu dia de folga porque continuo com o imbecil na cabeça. Assim vou ver um dos meus homens, um dos que precisamente sofreram o roubo, dos dois talvez aquele em que menos confio... E vou vê-lo para me assegurar ainda mais de que está tudo certo, de que a história não continuará me aporrinhando na segunda, na terça, na quarta... Mas então os meus

67

temores para a segunda se confirmam, porque a primeira coisa que vejo quando chego ao trabalho é que o homem com quem falei no domingo não bateu ponto. Então procuro o companheiro e vejo que ele está tranquilo. E isso me tranquiliza também, porque sei que o companheiro não é nem bandido nem tonto. Mas passa um tempo e o outro continua sem aparecer. Assim não me resta outro remédio senão ir até o companheiro e lhe perguntar: devo ficar nervoso? Mas, claro, na realidade um pouco nervoso já começo a ficar, sabe? Assim tenho que fazer mais uma pergunta para o companheiro, que agora sim, cada vez mais, está parecendo um pouco tolo: tomo uma atitude? Ou posso confiar nele e me esquecer de uma vez por todas dessa aporrinhação?

Ainda que assaltado por novas dúvidas, Alberti não era suficientemente tolo para ignorar que aquela pergunta tinha uma só resposta possível. E que, embora evidente, não devia deixar de oferecê-la, senão sua mudez iria suscitar interpretações equivocadas que, por sua vez, poderiam levar a consequências perigosas.

– Pode confiar em mim. E pode se esquecer dessa aporrinhação, senhor – recitou mecanicamente.

Mecanicamente demais, talvez, porque Rodríguez insistiu:

– E onde está o Valera, cacete? Quer me dizer?

Dessa vez a resposta saiu da alma:

– Está com uma garota, delegado...

Desarmado pela naturalidade e inocência com que seu subordinado lhe havia respondido, o outro hesitou um instante:

– Bom, agora faz o favor de se perguntar o que vai acontecer se ele não estiver com a garota... – Acabou se recuperando antes de se virar e abandonar o banheiro.

Ainda se escutava o ressoar das suas botas do outro lado da porta quando Alberti voltou a sentir urgência de esvaziar a bexiga.

A senhora comunicava o desaparecimento do garoto. Mas o garoto era um velho conhecido de Flores. De Flores e de qualquer um que houvesse trabalhado na corporação durante os últimos quatro ou cinco anos, claro. Uma carreira não particularmente especial, o roubo com arma branca marcava a ponta da pirâmide. Mas um reincidente. Uma mosca, como dizia o Galego. E acontece que das moscas, por mais que não piquem nem te tirem sangue, você pega uma cisma maior que dos insetos nocivos de verdade. Da vespa você sai correndo, mas quando se trata de mosca, no enésimo zumbido, você acaba mandando a maldita para a caso do caralho.

O Galego não dizia essa última parte, tratava-se de um conhecimento que Flores adquirira a partir da própria ampla experiência.

– ... desde a sexta-feira à noite que não aparece em casa – dizia a senhora.

E Flores concordava. Não anotava porque o dado era repetido, já o registrara caprichosamente na caderneta para tranquilidade da mulher, assim como a descrição das roupas que o garoto vestia na última vez em que o viu, as marcas de nascença e outras coisas do gênero. Agora era questão apenas de permitir que acabasse de desabafar. E Flores, entre hã-hã e hum-hum, distraía-se olhando de soslaio para o outro lado da mesa, perguntava-se a troco de que Alberti adotara essa expressão de quem estava perdido na floresta. De noite. Entre relâmpagos que anunciam uma enorme tempestade. Estava até amarelo, o pequeno Alberti...

Agora ele estava ligando outra vez, o fone colado à orelha, mordendo o lábio inferior, o olhar concentrado como se quisesse furar o chão da sala com ele.

E Flores concordava:
– Hã-hã...

A senhora suspirou, ameaçou lhe segurar a mão que estava sobre a escrivaninha, mas se arrependeu no meio do caminho, voltou a juntar as suas sobre a bolsa que protegia no colo.

– O senhor acha que ele está bem?

Alberti desligou o aparelho.

E Flores começou a desejar seriamente devolver o garoto à senhora. Para que deixasse de aporrinhar, só isso, porque essa pergunta também já havia sido feita. Duas ou três vezes já. Mas não podia entregá-lo a ela, claro. Primeiro, porque o garoto ia ter dificuldade de caminhar de volta para casa, inchadas que estavam as plantas dos pés dele. E isso na realidade era o de menos. Segundo, e isso na verdade era o que pesava, porque quem explicaria para a senhora as marcas que o garoto ainda exibia na cara.

Assim Flores se limitou a concordar:

– Acredito que ele esteja bem, senhora, sim. Os jovens de hoje em dia...

Nisso o telefone de Alberti tocou, e ele reagiu com um saltinho muito bobo antes de se precipitar para atendê-lo.

– Agora não... – começou a protestar depois de reconhecer a voz do outro lado da linha.

– De verdade? – insistiu a senhora após alguns segundos de hesitação, ao constatar que o policial não mostrava intenção de concluir a frase.

– De verdade – repetiu Flores.

Mas agora era Alberti que, por meio de uma infinidade de movimentos curtos e rápidos, fazia que sim com a cabeça.

– Que Deus o ouça... – disse a senhora antes de fazer o sinal da cruz uma, duas vezes.

– Vá para casa, senhora, e não sofra mais que o necessário – aconselhou Flores, levantando-se da cadeira, decidindo que o desabafo já havia sido suficiente, desejoso de averiguar algo mais sobre a ligação de Alberti.

No entanto, quando a senhora se pôs em pé, quando confirmou que levava a bolsa bem segura no antebraço e passou os olhos pelo chão aos seus pés para comprovar que nenhum dos seus bens havia caído, quando insistiu que por favor lhe comunicassem o mais cedo possível qualquer novidade sobre o paradeiro do garoto, então, para desolação de Flores, se aproximava de um minuto o tempo transcorrido desde que Alberti desligara o telefone e abandonara a delegacia a passos rápidos.

– O que você está me dizendo? – Boris reagiu como quem se aproxima de costas de um precipício e, ante o legítimo medo de despencar a qualquer momento, opta por olhar para a frente a fim de evitar a presença do abismo. – Não estou entendendo...
Heinrich o observou do alto da diagonal que seus olhares traçavam. Em silêncio, uma contração estranha nos lábios quase inexistentes. Como se não soubesse o que responder. Ou como se sem dúvida soubesse, mas desfrutasse daquela indefinição tanto quanto Boris a estava detestando. O que se revelaria um absurdo, embora Boris também lamentasse não houver na guarita uma segunda cadeira para lhe oferecer, para deixá-lo ao menos da sua própria altura.

– É perigoso demais – disse por fim, e a mão que ele apoiava na mesa se levantou num ângulo de quarenta e cinco graus para cortar pela raiz o novo protesto do seu interlocutor. – Os guardas da manhã já não são o Rossi e o Valencia. Bom, o Rossi sim. Mas o Valencia está com o filho doente, muito doente. Disseram para ele que afinal vão operar o garoto amanhã, pediu para se ausentar e terá um substituto.

– E quem designa o substituto?

Boris sentiu que a cabeça se acelerava, que, como uma máquina alheia à sua vontade, punha-se a calcular um alvoroço de variantes e possibilidades.

– Tanto faz quem designa o substituto, Russo – embora sem alterar a expressão ou o volume da voz, o tom de Heinrich foi ainda mais glacial. – O substituto já está decidido, e não é alguém em quem eu confie.

– Como se chama?

Heinrich não respondeu. Voltou a observá-lo a partir do rigor dos seus olhos pequenos e negros. Distraidamente virou o pescoço para a direita, reparou no exemplar do *Clarín*, levantou-o com uma mão e leu em voz alta a manchete:

– "River vira na Bombonera"... Puta que pariu! Grande virada se dão dois gols de presente... – Voltou a encarar Boris enquanto deixava cair o jornal na mesa. – Você não viu, Russo, os melhores momentos?

Boris apoiou a boca e o queixo nas palmas em forma de concha, os cotovelos cravados na metade de cada coxa. Mas logo a curvatura que seu corpo desenhava começou a estirar a lombar, de maneira que se mexeu para trás e se esforçou por endireitar o tronco. Mesmo assim sentiu desimpedida a chegada da dor, calculou que ainda faltava uma hora para o almoço e para o comprimido seguinte. Em todo caso, as lágrimas que se posicionaram atrás dos olhos tinham menos a ver com o relampejar nas laterais da coluna do que com a porta que estava se fechando para sempre na sua cara.

O outro interpretou mal aquela atitude, ameaçou ir embora.

– Heinrich – deteve-o Boris enquanto começava a se pôr em pé. – Espera...

– Espero... – concordou Heinrich, e voltou à posição anterior; quando Boris terminou a manobra e deixou de ofegar, acrescentou:

72

– Fala.

Boris tragou e soltou o ar pela boca.

– Fui baleado três vezes, você bem sabe.

Heinrich ficou em silêncio, convidou-o a prosseguir com um movimento de cabeça.

– Mas no que talvez você se engane, você e as outras pessoas, não ache que estou te acusando de algo... talvez se engane ao pensar que me extraíram as três balas e que por isso sobrevivi. Ao considerar que talvez eu já não seja o mesmo, mas que no mínimo continuo vivo. É um erro, Heinrich, porque as três balas continuam aqui.

Boris levou as mãos à barriga e ao peito, e por um segundo sentiu que pertenciam a alguém que o estivesse abraçando por trás.

– Continuam aqui e aqui e aqui, esperando que chegue o dia em que o meu corpo finalmente as cuspa para devolvê-las ao seu dono. Que o guarda substituto me prenda, tanto faz, mas me deixa encerrar esse assunto...

– Se te prenderem, como eu vou explicar a sua presença na prisão, cacete? – interrompeu-o Heinrich, falando como quem mastiga gelo, e Boris se sentiu um idiota.

– Não estou vivo, Heinrich – insistiu –, e não me importa ter que estar morto para acabar com essa história. Que o Rossi atire em mim. Uma briga entre presos, dois mortos, você acha que alguém vai se importar? Acha que alguém vai perder um só minuto investigando se ocorreu algo mais do que aparenta?

Heinrich meneou a cabeça quase imperceptivelmente, os olhos ainda menores ao franzir da testa.

– O que eu acho, Russo, é que o Rossi não tem vontade nenhuma de matar alguém. Se você quer se suicidar, faz isso aqui fora, não dentro da minha prisão e manchando de sangue um companheiro – disse.

Esfregou o nariz com o polegar e o indicador da mão direita. Como continuação do movimento anterior, segurou ambos os lados da gola do casaco e fechou o zíper até o pescoço. Com uma pernada, saiu da guarita. Boris observou a porta que se fechava e o espaço que Heinrich acabara de deixar vazio diante dela. Procurou com as mãos os apoios de braço da cadeira às suas costas e se ajeitou para sentar com o menor incômodo possível. Impulsionando com os pés, fez que as rodinhas o levassem lentamente para a frente da mesa. Pegou o jornal já meio amassado, dobrou-o ao meio e, em vez de colocá-lo de volta no móvel, bateu com ele em uma quina. Continuou batendo duas, três, quatro, cinco vezes, enquanto pedacinhos brancos e negros voavam pelos ares e planavam a caminho do chão. Não parou até que o vértice de plástico apareceu por completo através do despedaçado corpo de papel.

– Vaaaaaaamos... – protestou Mariana quando lhe afastou a mão.

– Para de encher – murmurou ele com os olhos semicerrados. – Estou morto, *che*...

– Eu vi sinais de vida aqui embaixo... – insistiu, passando a ponta dos dedos na copa de pelos que se estendia ao sul do seu umbigo.

Ao não obter resposta, recostou a cabeça na superfície lisa do seu ventre. Demorou pouco para se adaptar ao ritmo da respiração que o subir e descer da pele sob a orelha lhe ditava, aconteceu sem que chegasse a buscar de forma consciente aquele fluir em comunhão. Mas em tão breve lapso, sim, havia racionalizado que a tarde pedia reagrupamento, que a realidade de grande parte das suas opções aguardava ao virar a esquina. Como se pretendesse insuflar ar na trégua moribunda, descarregou a expiração seguinte no membro semiereto.

– Você sabe que com o frio eu não funciono bem, Mari... – respondeu ele na quarta ou quinta vez em que ela repetia a provocação.

– Desculpa, dou um jeito nisso agora mesmo... – aceitou antes de acomodar a cabeça um palmo mais abaixo, para que cada baforada de hálito alcançasse agora seu destinatário ainda carregada de umidade e calor.

Ele suspirou. Mariana intuiu que ia mandá-la à merda. Em vez disso, uma mão sobre a nuca a convidou a vencer os escassos centímetros que a separavam do objeto das suas atenções.

À medida que ele terminava de crescer em sua boca, enquanto ela tentava ignorar o cheiro de plástico e o sabor ácido que a ejaculação anterior havia deixado no capuz de pele, seu pescoço foi se erguendo no movimento natural que aquele mecanismo de alavanca ditava. O tronco e o resto do corpo foram os próximos, de maneira que logo teve de encontrar o equilíbrio pondo-se de joelhos, aferrando-se com ambas as mãos à base sobre a qual sua cabeça descia centímetro a centímetro.

– Os dentes... – O aviso chegou de muito longe, quando ela praticamente havia conseguido engolir tudo.

A subida parecia com o regresso à superfície após passar um tempo sob a água do rio, deixando-se açoitar pelos desencontros da corrente.

– Não sou uma velha coroca – disse, ofegou e, enquanto com o dorso da mão secava a saliva dos cantos dos lábios, continuou – para colocar e tirar os dentes quando você achar mais conveniente.

– Ninguém mandou você descer tanto – ele deu de ombros.

O meio sorriso que decorava sua cara talvez respondesse à satisfação dos sentidos, mas também tinha algo do prazer espiritual que geralmente lhe proporcionava ser do contra com ela.

– Você está querendo me atacar com o seu sarcasmo, é? – ela falou para logo depois virar o corpo e ficar de quatro, virando a bunda na direção dele. – Vem, me ataca assim então...

Fechou os olhos, decidida a intuir o momento através da mudança na distribuição de pesos sobre o colchão. A mão no quadril

75

esquerdo, o joelho que ele lhe inseriu entre as pernas para separá--las ainda mais, alimentaram um gemido de antecipação que conseguiu sufocar na garganta. Mas o som escapou quando foi penetrada de repente, o eco que se instalou no quarto do motel quando ele ficou imóvel no seu interior, suas entranhas acompanhando a percussão do latejo invasor. Abriu os olhos depois de uma eternidade, no movimento de retirada. Ao qual imediatamente se seguiu um primeiro avanço de reconquista. As marés começaram então a se suceder, cadenciadas, mas a um ritmo cada vez mais acentuado, logo frenético. Lamentou não se encontrar junto à cabeceira da cama, para poder se segurar na viga de madeira. Em vez disso, soltou os braços, as costas agora eram uma rampa pelo qual o prazer escorregava a caminho de se concentrar na sua cabeça, encarregado de inundá-la para não deixar resquício nenhum da realidade. O álbum de família aberto de par em par, esvanecendo-se lentamente, a fotografia de um edifício que já não se reconhecia como escola e a corrosão de umas silhuetas que cada vez guardavam menos semelhança com seus filhos.

Embora fosse a segunda vez, embora nessa mesma tarde houvesse voltado a lamentar que com a camisinha a intensidade fosse dez vezes menor, ele terminou antes que ela conseguisse se esquecer de tudo.

Aleksandar estacionou diante da Nuestra Señora, olhou o relógio, convenceu-se de que não chegaria a tempo de surpreender Mariana e as crianças passando para pegá-las na porta da escola. Com a consciência apaziguada, saiu do carro, cruzou a rua, estudou os horários na vitrine e decidiu que podia entrar para ver o filme, embora já houvesse começado fazia cinco minutos.

– Entrada franca – sorriu para a bilheteira, uma moça de vinte e poucos anos que, ele podia jurar, não tinha visto antes.

– Oi?... – Os olhos negros da mocinha abandonaram o livro de Jodorowsky para se fixarem nos seus.

Aleksandar titubeou.

– Entrada franca – repetiu ele, agora se movendo ligeiramente para trás e estufando o peito, como se ela pudesse não ter reparado que vestia uniforme de policial.

– Tá – inclinou a cabeça para o lado a fim de indicar que ele podia entrar. – Se você não paga, eu também não dou o bilhete, porque o papel custa dinheiro pra gente.

Aleksandar fez que sim com a cabeça. Olhou o chão, as biqueiras gastas de umas botas que poderiam se mostrar um pouco mais negras. Contra-atacou:

– Por um momento você fez com que eu me sentisse em casa, sabia?

A cara de pedra da mocinha relaxou um pouco; apareceu uma curiosidade ingênua e até talvez o início de um sorriso.

– Ah, é?

– É, sim. Mas como você não me chamou de idiota, a familiaridade acabou.

Ela soltou uma gargalhada de ratinha.

– Sinto muito. Se você quiser...

– Não – interrompeu-a. – Vim ao cinema para me distrair.

– Para evitar o mundo real – seguiu na mesma linha.

Ele suspirou com um pouco mais de dramatismo.

– É...

– E do que você quer fugir? – perguntou ela em tom profissional, colocando o bilhete que não havia lhe dado como marcador e deixando o livro de lado.

– Você é psicóloga?

Ela riu de novo, agora com um tom de melancolia.

– Sou curiosa.

– Que curioso, *che*, eu também sou.

Aleksandar apoiou os antebraços cruzados sobre a bancada de madeira, para se pôr quase na altura da mocinha.

– Então você é curioso... – Ela, por sua vez, se ergueu como aluna que se prepara para recitar a lição. – E o que quer saber?

– Não tinha te visto por aqui...

– Você conhece o seu Ramiro? O dono? – Aleksandar desenhou um lento, categórico não com a cabeça. – Bom... sou filha dele.

– E o rapaz triste de óculos?

– Edmundo?

– Acho que sim...

– Já não havia dinheiro para pagar o salário dele.

Ele fingiu refletir a respeito.

– Mais um absurdo. Mas, antes de mais nada, me diz – fez uma nova pausa dramática –, o filme é bom?

A mocinha se apressou a negar com a cabeça, fez isso freneticamente, vezes demais. Usava o cabelo à la Louise Brooks; de resto era uma criança.

– Muitos tiros, *che*.

Aleksandar fez que sim com a cabeça, dando a entender que compreendia.

– Por isso o título.

– Como? – Ela não, ela não compreendia.

Girou levemente o tronco para indicar o cartaz às suas costas.

– *Duro de matar*.

– Hã-hã... – aceitou, mordendo o lábio inferior.

Sustentaram o olhar, um pouco incomodados pela irrupção do primeiro silêncio. Como se já houvessem sido amantes. Como se já houvessem começado a não sê-lo.

– Bom – Aleksandar se endireitou –, volto quando estrear algo melhor, então.

78

Ela inclinou a cabeça e os olhos para voltar a observá-lo por baixo dos cílios, um gesto, embora exageradamente estudado, não menos eficaz.

– Tchau... – despediu-se dele a meia voz.

De repente, quis desligar o aparelho antes de escutar, antes de reconhecer a voz do outro lado da linha, mas o arrependimento chegou tarde.

– Alô? – atendeu sua mãe. – Quem é?

Boris não necessitou se calar para ficar em silêncio. Afinal de contas – acabara de reparar nisso, daí o propósito de interromper a chamada antes de chegar a completá-la –, na realidade, nada tinha a dizer. Durante alguns instantes, enquanto a pergunta materna ia se repetindo no seu ouvido esquerdo, experimentou uma intuição literária, uma sensação a ser lançada por escrito, a ser desenvolvida ao longo de duas ou três ou quatro páginas de tremida caligrafia, se houvesse aspirado identificar as várias camadas que formavam sua espessa complexidade. A ideia, resumindo, pois não encontrou papel ou caneta à mão, de que ele não era ele. De que se encontrava fora do seu próprio ser, observando um corpo familiar e ao mesmo tempo desconhecido, julgando de uma distância impossível aquele homem fraco que pretendia chorar para seu pai o que já cansara de chorar para si mesmo.

Desligou o telefone quando a comunicação já havia sido interrompida fazia alguns segundos, o apito intermitente como as rajadas de uma furadeira que, extraviada em algum ponto do seu crânio, seguisse mesmo assim funcionando, cravando-se cada vez mais fundo.

Pôs-se em pé, inconsciente ainda da decisão que havia tomado. Do outro lado do vidro, um redemoinho de terra cruzou a frágil elipse de luz que o único poste do estacionamento projetava e foi se desvanecer no contato com a noite.

Passaram-se os minutos, ignorava quantos, nem a escuridão havia mudado nem ele estivera atento aos faróis que atravessavam a General Paz. Passaram-se os minutos até que a porta da guarita se abriu e pôde escapar de si mesmo, imaginar-se outra vez como se olhasse de fora e de longe, agora em pé e perdido nos seus pensamentos, tal qual acabara de encontrá-lo Quiñones.

– Estou atrapalhando, chefe? – perguntou o recém-chegado na soleira da porta.

Boris negou com a cabeça.

– Entra, está fazendo frio.

Quiñones ainda hesitou um instante. Quando decidiu entrar, ninguém mais poderia detê-lo: fechou a porta atrás de si, bateu com os pés no chão três vezes até chegar à parede do fundo, onde desfez a bola em que havia convertido o saco de dormir; retrocedeu, colocou suas coisas na mesa, curvou-se para acender a lâmpada e se pôs de cócoras à procura do pequeno fogareiro.

– Está fazendo frio porque você deixou tudo apagado, chefe – disse enquanto se erguia para prosseguir com o ritual de todas as noites. – Quer um pouco, *che*?

Boris estudou a garrafa de vinho que o outro acabara de extrair dos seus mantimentos.

– Não, obrigado, estou indo embora.

Quiñones soltou uma risada estranha, breve, mas retumbante.

– Se eu tivesse mulher, também não iam me encontrar por aqui.

Boris fez que sim com a cabeça, tirou o casaco do encosto da cadeira, vestiu-o enquanto o outro continuava retirando elementos do saco de dormir: dois sanduíches embrulhados em jornal, um saca-rolhas, uma revista erótica, um copinho no qual já quase não restavam palitos de dente...

– Boa noite, Rodrigo – disse, dirigindo-se à porta.
– Chefe? – Quiñones deteve-o antes que chegasse a sair. Boris se virou.
– Fala...
– Amanhã então cubro parte do seu turno, não é? As primeiras quatro horas, como você me disse, não houve mudanças...
– Não houve nenhuma mudança, as primeiras quatro ou cinco horas – respondeu Boris automaticamente. – Quebra esse galho pra mim.

Rodríguez não parecia se encontrar nas suas melhores condições. Algo na contração dos lábios, talvez a forma como seus olhos iam e vinham e voltavam a ir atrás de uma onda imaginária que quebrasse no chão ante seus pés. O principal problema, de qualquer modo, é que não tinha absolutamente que estar ali em pé, parado, fazendo companhia aos sacos de lixo que se amontoavam sob o poste na esquina da casa, muito menos àquela hora da noite.

– Esta situação de merda também as afeta – disse sem levantar a cabeça, observando com o canto do olho sua chegada. – Se eu estou morrendo de frio, imagine elas.

Vitali se plantou a um metro do delegado, virou o pescoço e por cima do ombro refez com os olhos o caminho que acabara de percorrer até se deter na janela da cozinha, iluminada mas vazia; a seguir, ainda que o gesto tenha lhe parecido próprio de um tosco telefilme de espionagem, procurou também possíveis testemunhas ao longo da rua, de um dos seus extremos ao outro.

– Do que você está falando? – perguntou por fim, suavemente, levado pela mesma cautela.

– Das formigas, che. – Rodríguez apontou com o queixo, para não tirar as mãos dos bolsos do sobretudo. – Alguma vez você viu formigas no inverno? Estão tão desesperadas como qualquer filho da puta com duas pernas...

Vitali balançou levemente o saco branco com os restos de frango, no segundo movimento para a frente soltou-o para que caísse sobre, só agora reparava nela, a frenética concentração de corpinhos negros.

– Pronto, já têm alguma coisa para comer. O que você está fazendo aqui?

O delegado ergueu a cabeça, virou o corpo para falar com ele de frente. Aí Vitali teve a sensação de que seu interlocutor passara a ficar imóvel, como se algo nele tivesse ficado tremendo imperceptivelmente até aquele exato instante.

– Temos um problema.

Vitali bufou, os cantos de seus lábios se curvaram numa careta brincalhona.

– Não, não... – Levou as mãos aos bolsos da calça. – Quem tem um problema é você. E vem me procurar porque espera que eu o solucione.

Rodríguez negou com a cabeça enquanto mordia o lábio superior, a picada dos incisivos o tornou consciente de quanto lhe fazia falta um chiclete para mascar.

– Metade do problema não tem solução, agora já não tem mais. E a outra metade, bom, a outra metade é uma cagada que afeta a todos nós – esclareceu.

Vitali olhou mais uma vez por cima do ombro. Quando virou a cabeça de volta, sua expressão havia se aguçado e sua voz adquiriu um tom de rouquidão.

– Explica isso pra mim. Rápido.

– Esta tarde estive na casa do Valera.

– E?

O delegado secou o nariz com o dorso da mão.

– Morto.
– Mataram o idiota. O que mais?
– Quem mais – corrigiu-o Rodríguez. – Havia também uma garota.

Vitali moveu a cabeça para trás, um centímetro e meio apenas, a distância sufuciente para notar a debilidade que sua reação expunha e pôr fim a ela.

– Você não comunicou o ocorrido – deduziu enquanto tentava superar a sensação de alarme, controlar o temor das implicações que surgiam para além do relato que o outro estava lhe apresentando.

– Não comuniquei o ocorrido – admitiu o delegado.
– Por quê?
– Porque fui direto para a casa do Alberti.
– Alberti? – Vitali se viu diante de uma sucessão de imensas peças de dominó, a primeira caída e a segunda balançando ameaçadoramente. – Aconteceu alguma coisa com o Alberti?
– Ainda não.
– O que você quer dizer com ainda não?

Seu tom de voz saiu alto demais, descontrolado.

– Quero dizer que tudo depende do que acontecer amanhã. Se a coisa se complicar, damos cabo do Alberti e responsabilizamos o outro, o que matou o Valera.

Vitali hesitou, moveu ambas as mãos como se tentasse impor uma barreira às palavras que lhe fugiam involuntariamente; acabou optando por um lugar-comum que resumisse sua perplexidade:

– E o que poderia se complicar amanhã, Rodríguez?

O delegado deu de ombros. Não era homem de grandes explicações, e sim de uns dentes que insistiam em escorregar uns sobre os outros, em lançar rumo à parte posterior do seu crânio uma vibração surda mas dolorosa que o convidava a não se estender demais em matérias suscetíveis de lhe alterar os nervos. Duas características que involuntariamente o levaram a esticar ainda mais a corda com seu antigo superior.

– Nada, se encontrarmos a metade da solução que está faltando.

Aleksandar deixou a bolsa de esporte ao pé do cabideiro, junto às mochilas azul e vermelha já preparadas para a manhã seguinte. Parado diante do espelho da entrada, estudou a talvez mais proeminente curva da sua barriga até que Luis surgiu correndo para se abraçar às suas pernas.

– Você matou alguém hoje, pai? – perguntou o menino com os olhos sonolentos quando Aleksandar o levantou nos braços.

– Eu não. E você?

Luis negou com a cabeça, bocejou, recostou a bochecha carnuda contra seu ombro.

– Não me deixam, *che* – justificou-se precariamente.

– Também não me deixam, pode acreditar.

Aleksandar lhe beijou a testa, cruzou a sala fazendo um sinal para que Lucía deixasse de brincar e o acompanhasse, entrou no quarto e simulou um voo que acabou com o menino aterrissando suavemente na cama.

– Pai, amanhã você mata alguém, tá? – insistiu Luis já debaixo do lençol e do cobertor.

– Vamos ver, não te prometo nada – respondeu pausadamente, em parte fruto do cansaço e em parte para não voltar a estimulá-lo.

Sufocou um bocejo, levou a mão direita à nuca para massagear o vértice superior dos trapézios. Quando se assegurou de que o menino não tinha mais nada para acrescentar, enquanto ficava evidente que Lucía havia optado por ignorar sua indicação, apagou o abajur perto da janela e regressou à sala. Ali cruzou os braços contra o peito, franziu a testa e cravou os olhos na filha até que ela não teve outro remédio senão abandonar o que estava fazendo e enfrentar sua presença.

– Ah, não... – protestou diante do seu pequeno monte de papéis de carta, rodeado por uma cordilheira ligeiramente mais alta de cadernos e álbuns, aqui e ali os troncos dos lápis como um caos de pontes que uma enxurrada houvesse arrastado até aquele meandro da mesa.

– Amanhã você continua, querida – interrompeu-a. – Vocês escovaram os dentes?

– Eu sim, Luis não...

A menina havia se levantado da cadeira com os lábios franzidos e o olhar baixo, mas continuava resistindo a obedecê-lo.

– Vem. – Aleksandar se pôs de cócoras para recebê-la em seus braços. – Eu te levo para a cama.

Estava acabando de agasalhá-la quando Mariana apareceu na soleira da porta.

– Finalmente você chegou – constatou.

– Eu disse que tinha jogo – sussurrou ele e, incapaz de se conter, acrescentou: – Não gosto que as crianças fiquem acordadas até tão tarde.

– E o que eu posso fazer se querem ver o pai antes de ir para a cama?

Virou-se e desapareceu no corredor. Aleksandar se lançou atrás de Mariana e, ao sair do quarto, deu de cara com ela; esteve a ponto de atropelá-la.

– Você me assustou – admitiu com um sorriso enquanto buscava seu abraço.

– Liga pra sua tia, que ficou a tarde toda tentando te localizar. – Ela escapuliu e retomou o caminho do quarto.

– Amanhã eu ligo – respondeu Aleksandar às costas da esposa.

– Amanhã...

85

– Não deixa a roupa do futebol na bolsa – interrompeu-o. – Pendura ela, por favor.

E fechou a porta sem nem mesmo olhar se ele a seguia.

Aleksandar deu meia-volta. Avançou pesadamente em direção à luz que vinha da sala.

Suponha que você está num carro, dirigindo. Você tem que ir buscar as crianças porque já não há mais dinheiro para pagar o transporte escolar, agora o transporte é você. Seus dois filhos, o de Martínez e o de Longucci te esperam. E não está chovendo, não houve um acidente, simplesmente você chega tarde. Então você dirige como qualquer filho de argentino, até um pouco pior. Aqui você ultrapassa todos os que se apinham na faixa da direita, e na esquina você os fecha porque é o primeiro a virar. Um pouco mais adiante, avança o sinal vermelho, passa a centímetros apenas de um pedestre que nem bate no seu vidro traseiro, até para este país a manobra foi inesperada. A duas quadras da escola, toca a buzina como se fosse um tambor para que o grupo de velhos suba mais rápido no ônibus. Por fim, alcança a linha de chegada, as crianças entram no carro, arrancam as figurinhas umas das outras, trocam patadas. E tudo recomeça, porque é preciso deixar o Marquitos Martínez na casa dele e porque a empregada peruana vai pegar o Carlitos Longucci três minutos e três cruzamentos mais tarde, e você ainda tem que encontrar uma vaga e passar pelo supermercado para comprar as costeletas de porco e as batatas e o leite para fazer o purê. A novidade é que você percorre uma ruazinha na contramão, e ainda bem que a moto teve tempo de se afastar porque, se virasse três segundos mais tarde, chocava-se direto com o radiador. Grande pai, grita sua linhagem enquanto você se faz de bobo, por mais que o cara da moto já não possa te ver, você finge que não, que não sabia que era contramão, segue com a comédia e sobretudo segue em frente. De modo que um pouco mais tarde, quando o Marquitos já está na casa dos Martínez, quando o Carlitos já foi embora com a moça peruana, com quem o senhor Longucci trepa, quando você já comprou as costeletas de porco e as batatas e o leite e chegou em casa, então você se senta no sofá, liga a televisão, abre uma Quilmes e se esquece completamente de tudo. Porque logo é preciso recomeçar, porque alguém tem que dar banho nas crianças enquanto outro alguém cozinha, você não espera que ela faça tudo.

E os caras que você sacaneou, os caras que te xingaram, os caras que estiveram a ponto de te sacanear e os que você xingou porque acabaram te sacaneando... todos eles pouco importam. São passado, passaram. Porque a carta do curinga ainda poderia aparecer na próxima rodada, nos próximos cinco minutos. O verbo sobreviver só se conjuga no futuro.

Por isso é preciso limpar. Por isso é preciso esquecer. Nunca carregar nada para estar sempre em condições de suportar tudo.

Vida de merda.

A dor me acordou muito antes que a dor me permitisse pensar em levantar. Um palpitar surdo na cabeça graças às aspirinas que engoli antes de me enfiar na cama, mas também um estalar na pele ao redor dos olhos, inchada por dentro e endurecida na sua crosta de sangue e remelas por fora, a boca como se a houvessem aberto a facadas e o hálito uma mistura de muco e ferrugem. A cada novo movimento, não importava o cuidado que eu tivesse, algo começava a arder ou a se partir ao meio ou a se desfazer em ácido. Karloff recém-chegado do mundo dos mortos tinha mais ânimo. Karloff, naquela primeira noite no castelo de Frankenstein, ainda não havia matado ninguém.

Me arrastei até o chuveiro, entrei sem regular a temperatura, ia ser atroz de qualquer maneira. A água caiu e imaginei que meu corpo chiava, a esse ponto a pele queimava, e com essas bobagens eu me distraía. Puta que pariu, toda noite sem poder respirar pelo nariz, e agora as cataratas do Iguaçu se precipitavam nele. Apoiei o antebraço esquerdo na parede, com a mão direita apalpei o crânio: encontravam-se protuberâncias e não cavidades, cabelo endurecido e não feridas abertas, tudo joia. As costelas ofereceram melhores sensações, só doíam pra cacete. E não me pareceu que houvesse rastros vermelhos no jorro do mijo.

Enquanto me ensaboava milímetro por milímetro, redescobrindo cada parcela do corpo pela via do calvário, comecei a rir sem parar. Em plena agonia, à beira da choradeira, havia me dado conta de que ainda faltava o pior: passar pela toalha e pela roupa, curvar-me para amarrar os sapatos. E sequer ia ter a opção da boca espumando e dos olhos de louco, porque estava quite com Valera.

Merda de vida.

A expressão do zelador valeu pelas quinze vezes que eu havia deixado de me olhar no espelho do banheiro. Mas não bancou o esperto, a minha cara era de poucos amigos. Mais uma noite?, limitou-se a perguntar fazendo como se fosse tomar nota da minha resposta no livro de registro. Mais uma noite, confirmei com uma voz que parecia sair do estômago, porque os lábios não estavam para grandes pronunciamentos fonológicos.

Do lado de fora fazia um frio de rachar. Talvez por isso o movimento continuasse o mesmo de um fim de semana. Ou talvez o movimento fosse o normal, e no fim de semana a coisa tivesse estado ainda mais morta. Eu custava a decidir, a cabeça doía cada vez mais.

Estava com fome, mas só poderia beber o café frio e não tinha vontade de enfrentar o suplício de mastigar. Mudei de calçada, mas não parei na confeitaria.

Quando já havia me acomodado atrás do volante, enquanto percorria a avenida em sentido contrário ao de uns minutos atrás, reduzi a velocidade e me obriguei a virar o pescoço em direção ao beco. A barra de ferro continuava ali, a alguns metros de onde a parede se abria como se tivessem lhe arrancado um imenso bloco de Lego, junto ao meio-fio, o único vestígio de tudo o que ocorrera na noite anterior. Minha memória completou o resto; como estopim foi mais que suficiente.

As buzinas que acabaram de me acordar vinham de uma caminhonete de entregas. Grandessíssimo filho da puta, espera que eu termine com isto, pensei olhando pelo retrovisor, mas acelerando ao mesmo tempo. Porque o insulto não se dirigia a ninguém em particular, pois na verdade eu estava me referindo àquele lugar em geral. A coisa não começava nem acabava em Valera, lembrei. Ou me recordaram disso as entranhas retorcidas e inflamadas. A dor que menos dói é quando você a rega com ressentimento, alimente-o bem e não demorará a vomitar o rio de bílis que te arrastará até o sumidouro do assunto.

Embora durante os dez minutos seguintes eu quase não tenha pegado trânsito, vivi com o polegar grudado na buzina, amplificando a xingação, esfregando-a em todos os vizinhos com que cruzava. Foi por isso que ao tocar a campainha da casa me assaltou uma sensação de estranheza, tão breve, quente e leve ela soou ante a reverberação que continuava me enchendo os ouvidos.

E a estranheza ali não convinha; por sorte atenderam rápido.

Sim?, entreabriu a porta a mulher de Alberti, hesitando. Talvez se perguntasse o que eu fazia ali de novo. Talvez simplesmente não conseguisse me reconhecer por causa da deformidade.

Mas para que se desgastar explicando algo...? Empurrei a porta, decidido, mas ainda sem grande violência, e a própria surpresa fez com que ela se movesse para trás em vez de opor resistência. Entrei, fechei a porta às minhas costas. Aí ela começou a compreender. Ou a ter medo. Ou as duas coisas ao mesmo tempo. Virou-se para tentar escapar, a incipiente corrida convertida em mergulho quando lhe chutei o tornozelo e suas pernas se emaranharam. Gritou, não lembro se fruto da queda ou se quando a levantei pelos cabelos. Arrastei-a até a sala, ela de quatro dando patadas no ar, como os cavalos de marionete ao galopar através do cenário. Soltei-a, fui me sentar no sofá, ao lado da neném adormecida. Paralisada no meio da sala, ela movia a cabeça: de mim para a neném, da neném para mim. Pôs-se a chorar em silêncio, logo começou a soluçar.

Seu marido?, perguntei para tirá-la do círculo vicioso. Não entendi a resposta. Onde?, insisti, levantando a voz. No trabalho, choramingou com melhor pronúncia. E o garoto? Na escola, apressou-se dessa vez em responder. Peguei o telefone da mesinha à minha esquerda. Liga pra ele, ordenei. Pro Javier?, surpreendeu-se. Demorei alguns segundos para interpretar a confusão, para deduzir que o filho também era Javier. Pro imbecil do seu macho, especifiquei então. Ela fungou, veio na minha direção, agarrou o aparelho. Durante meio segundo pareceu que ia desmaiar, mas não, aí teve um ataque de decisão e discou o número de memória.

Alberti não demorou a atender, quatro lencinhos de papel da esposa, que derramava lágrimas sem parar, mas sem ruído, sentada no chão ao pé da mesinha, abraçando os joelhos com um braço, assoando-se a cada dois minutos com a mão livre, em um movimento de cadeira de balanço que talvez pretendesse dissimular alguma forma de tremor. Era por inocência, pois não concebia o que estava acontecendo. Uma alma pura que não conseguia reconhecer nos outros a maldade que ela mesma era incapaz de gerar.

Como se não fosse argentina. Pensei nisso de verdade, quis lhe perguntar se era de outro lugar, se por acaso teria sido criada em alguma cidadezinha da selva, perto da fronteira paraguaia. Mas então se ouviu a porta, passos que cruzavam o corredor. Alberti entra na sala sem que lhe ocorra sequer sacar a pistola, dá com a esposa encolhida no chão, mais um lencinho de papel, rosto úmido e desconsolado, indicando com desespero mudo a arma que aponta para a neném. A arma que eu seguro. Alberti se fixa em mim por extensão, primeiro crê não me reconhecer, mas logo tudo fica claro, um entrever que se traduz em novas dúvidas, uma avalanche de perguntas, sem saber a que se ater e, consequentemente, por onde começar.

Por isso vou em seu socorro, conduzo-o com um movimento de cabeça em direção ao seu próprio cinto. Ele se aviva e tira a pistola como se estivesse envergonhado, como quem se percebe saindo nu da piscina pública. Agacha-se e a coloca amorosamente no chão, dá um chutinho para que deslize até meus pés. Faço que sim com a cabeça, economia de recursos por meio da qual pretendo atrasar o máximo possível o próximo surto de dor. Indico-lhe que se junte à mulher, que pode se sentar ao seu lado. Quando faz isso, ela se desdobra, uma parte do corpo o abraça em busca de proteção, enquanto a outra não consegue se esconder, permanece orientada para a neném, à beira de uma crise nervosa.

E não me convém que Alberti se contagie.

Ao me levantar, chuto sem querer a pistola, que se mete embaixo do sofá. Eu me curvo, pego a menina com um só braço, óbvio o gritinho da mulher. Sem perdê-los de vista ou baixar minha própria arma, entrego-lhes a filha, ela a segura e a oculta no seu colo, chora de alívio, embora o medo não tenha passado, continue condensado ao nosso redor como umidade de tarde de janeiro. Seria possível dizer que Alberti agradece o meu gesto *com o olhar. Seria possível dizer também que me pergunta o que afinal espero deles.*

E deles não espero nada, só quero voltar para casa.

Quero pensar em Lola para assim sentir Lola, mas antes tenho que deixar o roubo de lado. Devo me desprender dele, devo começar a regurgitá-lo: estômago, garganta, vertê-lo por fim no chão desse lugar de merda...

E do roubo em si você já sabe, claro. Avançamos portanto alguns capítulos, em câmera rápida. Volto a me sentar, te encaro, grunho Valera apontando com o cano da arma para o espaço que no dia anterior era ocupado pela minha cara.

O contraste, como incentivo, é mais que suficiente.

Aos poucos, algo nos seus olhos se expande até me dar aprovação, agora sim partimos de um ponto em comum, alheio à representação da minha visita anterior. Vou saber o que se passou, você vai me contar. Muito honesto, muito justo. Um pacto entre cavalheiros, a verdade em troca da vida. A da sua mulher e a da sua neném, talvez inclusive a sua.

Não é de maneira nenhuma o pior dos tratos.

Fácil, com ritmo, o intercâmbio se desencadeia. Foram vocês sozinhos? Não, teve alguns cúmplices. Quem se encarregou da organização? Iván Bardin. Quem é Bardin, outro tira? Seu pai era, seus irmãos são. E ele? Anda sem emprego, mas tem contatos. Bom, e onde está o dinheiro?

(Esquece a sua mulher, depois você a convence de que queria uma vida melhor para ela e para as crianças, ela vai acabar acreditando porque não tem outra saída, e talvez, inclusive, seja verdade, talvez fosse isso o que você queria, convence a você mesmo, e sim, esquece os olhos dela, olha pra mim, olha pra mim, isso...)

Onde está o dinheiro, Alberti? No banco. O que você quer dizer, no banco?

(*Você suspira. Não é o pior dos tratos, mas ninguém disse que cumpri-lo fosse algo simples.*)
   Quando ele acaba de me explicar, continuo sem entender. A ideia geral sim, também não sou um completo idiota. Mas os ajustes do mecanismo, por que essa rodinha ali gira tão lenta e esta porta aqui abre para fora, isso é o que me escapa. Então volto a perguntar e Alberti volta a responder, e sua mulher embala a neném com o olhar perdido, porque ela também não é uma completa idiota e a noção de que seu macho policial é na realidade um bandido a tocou profundamente.
   Quando ele acaba de me explicar pela segunda vez, eu entendo, bastante bem até.
   O pior deste ofício não são os criminosos. Dos criminosos de verdade raramente você sente pena. O pior deste ofício são os imbecis que acreditaram ter uma ideia genial e acabaram se ferrando.
   Filho de uma cadela no cio, o tal Bardin.
   Onde ele está? Eu te pergunto para acabar de uma vez com o tema, porque você já intui que não vou te matar e eu só quero dormir uma semana inteira. Mas, como você nega com a cabeça, sinto que a minha mão volta a se ocupar da pistola. E você nota isso, então se apressa em acrescentar que não sabe, que Valera é mais amigo dele e que simplesmente você não sabe. E isso não me serve, porque Valera já era. E em outras condições eu viraria e analisaria o que não me serve, minuciosamente, às claras, até encontrar a entrada dos fundos. Mas estou arrebentado, por dentro e por fora, de corpo e alma. E não me resta um pingo de paciência. E não te agrada a expressão que estou adotando, porque você procura, briga consigo mesmo até encontrar sozinho uma resposta.
   A secretária eletrônica, quando acontece alguma coisa se deixa uma mensagem na secretária eletrônica dele.

A claridade dói, fecho os olhos. Bendito silêncio de dois segundos, até que a criança se põe a berrar. Abro os olhos, a claridade continua doendo do mesmo jeito, mas agora incorporada de som.
Para sua esposa: dá a teta pra ela, mulher, dá...
E ela obedece, com urgência bovina.
Para você: quanto tempo ele leva para responder?
Você dá de ombros: não sei, depende...
Ele escuta os recados diariamente?
Escuta, eu diria que escuta.
Diariamente é o bastante.
Fecho os olhos porque o silêncio voltou. Mas a luz já não vai embora. Um fade out branco a cada pestanejar.
Alberti, chamo sua atenção enquanto pego o telefone na mesinha à minha esquerda e o passo para você. Alberti, repito a fim de que não haja possibilidade de erro. Você vai falar com o Bardin, na secretária eletrônica. Vai pedir pra ele um encontro amanhã, em um bar que tem na estrada, o Habibi, a dois quilômetros em direção a Buenos Aires. Vamos dizer às onze, marca com ele ali. Diz que surgiu uma coisa, que você não pode deixar isso gravado. Desliga e não atende mais o telefone. Quando for a hora de buscar o Javier, você vai buscar o Javier. E volta direto pra casa. E fecha a porta com chave. E o mundo não vai saber nada de você e da sua família por vinte e quatro horas. Vinte e quatro horas mortos, se você quiser que em quarenta e oito horas todos continuem vivos. Certo?
Não lembro o que você me respondeu, se é que me respondeu. Mas sei que entendeu. Fico feliz que você tenha entendido.
Ao me levantar, quase ia esquecendo. Que carro ele tem?
O Bardin?
O Bardin.
Um Falcon rural.
Cor?

Verde-escuro.
Belo carro.

Mas isso eu não digo, acho, devo ter me calado nesse momento para que a concessão não ficasse pairando depois da minha saída. Penso melhor agora, quando a luz branca começa finalmente a desaparecer, enquanto as aspirinas vão fazendo efeito, na cama do hotel, vestido na cama do hotel, a luz branca que se desvanece como se anoitecesse deste lado das minhas pálpebras, finalmente.

Belo carro, sim.
Lola.
Lola...

A primeira intuição, amparada na cinzenta densidade da luz que atravessava a cortina branca, e também no escasso volume sonoro que o trânsito emitia do outro lado da janela, anunciou-lhe que era cedo, que não tinha por que se levantar ainda. A segunda, de base muito menos reconhecível, fruto talvez da compreensão acumulada depois de lenta filtragem ao longo de várias horas de sono, levou-a a se erguer como impulsionada por uma mola, a se sentar na beirada da cama, a esfregar os olhos e procurar à sua volta, dividida entre uma inquietação súbita e um rancor bem mais arraigado, os sinais que lhe confirmassem que efetivamente Boris não havia dormido em casa.

 Claro que o quarto não era o lugar mais adequado para atestar aquela anormalidade e justificar ou não o incômodo latejar das têmporas que a acompanhava; a ausência de meias sujas e amassadas em algum dos cantos nada provava e nada deixava de provar.

 Pressionando a gola do roupão contra o peito, e mesmo assim congelada, parou na porta da cozinha. Não havia pratos nem copos na pia ou na bancada, os que enchiam o escorredor se mostravam organizados segundo critério de tamanho descendente, exibiam a marca da sua neurose, e não o caos com que Boris costumava se cercar ao atacar qualquer tarefa doméstica.

Foi se sentar na cadeira junto à parede, diante da mesinha quadrada onde de vez em quando jantavam juntos, quando ela não se importava de esperar e ele, sim, se importava de deixá-la esperando. Passou o olhar pelo assento vazio à sua direita, conteve o impulso de levar a ponta dos dedos ao encontro do tecido plastificado, agora mais verde-escuro que turquesa, controlou também a possibilidade de choro, que serpenteava sob seus olhos ainda remelentos.

O vazio que sentia, o vazio que a rodeava...

Houvesse Boris dormido em casa ou não, houvesse comido ou bebido algo, houvesse lavado e posto para escorrer a louça respeitando a geometria da que já estava secando, a diferença era na verdade mínima. Praticamente indistinguível.

María vivia com um fantasma. Três balas de latão constituíam todo o seu peso neste mundo. Não deixava mais pegadas, não emitia mais sinal do que o pontual choramingo, no qual desembocava pela recordação das suas feridas. E aquele eco metálico parecia aflorar já amortecido, emitido de distâncias cada vez maiores, portanto.

A luz mortiça, o ronco intermitente e distante da estrada, a ordem que imperava naquela cozinha de catálogo ultrapassado, tudo isso conspirava para lhe anunciar que o consolo dos sonhos havia passado, que era tarde demais para se enrolar no cobertor e se pôr a dar voltas pela cama. O corpo que durante tantas noites a acompanhara era agora pouco mais que sombra. E, como toda sombra surpreendida pelas luzes da manhã, não ia ter outro destino serão empalidecer, minguar, por fim extinguir-se no toque do meio-dia.

O vapor desenhava uma crista sobre o quarto de círculo em que se projetava a mijada, abandonava também em fiozinhos a pequena poça que ia crescendo entre o mato. Boris se sacudiu, experimentou o arrepio de praxe e levou ambas as mãos à parte baixa das costas quando a memória muscular da noite passada no banco de trás do carro ganhou forma de relâmpago, disparou da lombar até o interior da perna para se manter ali presente como o sulco que racha a terra.

– Puta merda, caralho! – disse entre os dentes para o ar da manhã.

Regressou mancando, lançou de lado uma cusparada pastosa, demorou uma eternidade para sentar no banco do motorista, seus escrúpulos justificados pelo reverberar do lampejo na retaguarda. Uma vez acomodado, tomou um primeiro e longo gole da garrafa de plástico, engoliu um comprimido com o segundo, segurou o terceiro e o levou de um extremo ao outro da boca para acabar cuspindo no asfalto. O carro parecia já estar arejado, a partir desse instante não ia fazer mais que se contagiar com o frio e com a umidade da manhã. Fechou a porta, mas não ligou o ar quente de novo; em vez disso, optou por abrir o vidro. Após ter acordado várias vezes na intensa escuridão do carro, gostava de sentir a primeira claridade matinal, de enfrentar o exterior sem a interferência de nenhuma barreira. Por mais que essa barreira fosse transparente e a visão que se estendia do outro lado não tivesse outra protagonista que uma diagonal de estrada mal asfaltada, interrompida pela esquina de um muro. Claro que aquela quilha de concreto, depois de cinquenta metros, desembocava num portão de ferro. E que dele, ao longo da manhã, ia surgir um veículo de transferência prisional: dois guardas e o ocupante que era a razão de ser do transporte em si e, muito particularmente, da sua presença ali.

Quando aquilo ocorresse, iria atrás do automóvel, seguiria o veículo em busca de uma oportunidade que cedo ou tarde devia se apresentar, não podia ser de outro modo.

Brincava distraidamente com uma das pontas da toalhinha que cobria a base do banco do passageiro. Quando reparou no movimento dos dedos, seus olhos desceram à procura da pistola e da confiança que ela proporcionava. Dobrou o equador do tecido em diagonal, passou as pontas dos dedos ao longo do cano num lento ir e vir de metálico bem-estar, escondeu de novo a arma enquanto seu estômago respondia à falta de alimento com um mugido triste e prolongado.

No segundo cigarro, María já se arrependia dos pensamentos que a haviam assaltado aquela manhã. Como se os rancores que os haviam motivado a estivessem abandonando com as baforadas, contidos na fumaça que seus pulmões expulsavam. Não exatamente nuvens de escuro desencontro, portanto; estavam agora mais para o vapor cinza que os rescaldos do incêndio vão soltar enquanto continuarem jogando baldes de água neles.

No terceiro cigarro, a inquietação crescia a caminho do medo. Medo de uma solidão menos imperfeita que aquela na qual se encontrava instalada, mais duradoura e, portanto, insuportavelmente ruidosa.

No quarto cigarro, foi em busca do telefone.

Quando reparou no lento abrir do portão, seu olhar disparou rumo ao relógio do painel.

– Nove e vinte e sete – murmurou para si mesmo tentando decifrar o enigma que talvez se escondesse por trás do algarismo.

Voltou a fixar os olhos no portão, já quase aberto de par em par. Era cedo, sabia disso perfeitamente, cedo demais. E, no entanto, aquele conhecimento não ia lhe servir de nada caso algo houvesse mudado. E, sem dúvida, algo podia haver mudado, porque, quando não se está no comando, as coisas não deixam de variar, alteram sua forma a despeito do que foi possível antecipar, de repente se mostram irreconhecíveis. Inéditas, provocadoras, carregadas de exigência. Assim como a faca inicialmente prevista havia se transformado em pistola e ele se encontrava ali fora no carro, e não lá dentro no refeitório.

O capô de um carro apareceu, e sua mão esquerda agarrou o volante enquanto a direita procurava a alavanca do câmbio de marchas. Mas àquela distância era improvável que o resto do veículo eliminasse suas dúvidas. Menos ainda com o reflexo do sol sobre o vidro traseiro. Impossível apostar na vista, definitivamente, porque, ao virar, tudo o que pôde ver foi um porta-malas que se afastava rua abaixo. Que acabaria de se perder em poucos segundos, assim que o muro do presídio deixasse de proteger a retidão do seu trajeto.

Boris voltou a consultar o relógio do painel: nove e vinte e sete. Ainda.

E vinte e oito nesse exato momento.

Cedo demais, demais para já estar com os nervos alterados.

Porque ele se achava ali, e a vingança vinha ao seu encontro. Na verdade, não podia ser de outro modo.

Deixaram que os toques do telefone continuassem soando, reverberando como uma onda que quebrasse contra os cômodos vazios e não chegasse a se retirar por completo. Quando o último eco daquela série se extinguiu, Aleksandar levantou a cabeça e procurou algum tipo de segurança na expressão do pai, naquele gesto inalterável cuja origem a lenda familiar situava na adolescência, moldado a ferro e fogo em torno das ruínas, dos cadáveres e da fome infinita de Stalingrado. E se seus traços vinham se distendendo desde o início da Era Argentina graças ao hábito das partidas de truco e dos churrascos, em virtude também da substituição da vodca seca pela doçura da aguardente de cana queimada, o rosto paterno parecia naquele momento recuperar qualidades pretéritas; mostrava-se carente de sono, cheio de urgência, enrijecido.

Como as mãos do próprio Aleksandar; empapadas pelo suor, deslizando uma contra a outra na sua prisão de dedos entrelaçados.

– O Valera eu entendo...

– O quê? – interrompeu-o Vitali, e Aleksandar demorou um segundo de alarme em deduzir que o motivo do protesto se devia à distração do seu interlocutor, e não à vontade de censurá-lo.

– Que o caso do Valera eu entendo – repetiu com maior clareza, e se apressou em completar: – Mas por que a prima?

Seu pai negou com a cabeça.

– Não, não, não... Isso já não importa, rapaz...

– Claro que importa, pai!

Agora sim o olhar de Vitali teve por objetivo fazer com que ele abandonasse aquela linha de raciocínio.

– Nesse caso, quando você cruzar com quem matou a sua prima, pergunta pra ele e pronto. Enquanto isso, vamos deixar de encher e vamos localizar seu irmão.

Aleksandar concordou, buscou se reconciliar:

– O Boris também não sabe por onde ele anda?

Como surpreendido em falta, seu pai baixou os olhos.

– Eu não falei com o Boris.

– Ligamos pra ele no estacionamento... – Aleksandar fez menção de se levantar, mas a mão de Vitali o deteve.

– Hoje ele não foi ao estacionamento.

– E onde o cretinão está quando se precisa dele, caralho?

O telefone voltou a tocar. Aleksandar interrogou o pai com o olhar.

– Não é o Boris.

– E se for o Iván?

Vitali bufou, brincalhão.

– Quando o seu irmão ligou pra você?

– Nunca – aceitou ele.

— Não nos avisou sequer quando foi detido por afanar aquela moto. Aleksandar moveu as costas para trás, como se necessitasse esticar o corpo a fim de que o sorriso também se abrisse.

— Pior, deu um nome falso! E embora o Flores o tenha reconhecido, continuou fingindo que não era ele!

— Porque tinha medo que arrebentássemos com ele... Aleksandar voltou a encolher o corpo e resmungou:

— Porque é um orgulhoso de merda...

— Quem sai aos seus não degenera, rapaz. Ele é o retrato vivo do seu avô — concluiu Vitali.

O repentino silêncio entre ambos coincidiu com o fim daquela nova sequência de toques do telefone e os fez sentir que tudo ao seu redor se tornava frágil, como se os cômodos se encontrassem um pouco mais vazios que alguns minutos antes e uma finíssima camada de vidro houvesse pousado sobre os móveis e as camas, ameaçando rachar inteira ao menor movimento.

— O que fazemos então? — sondou Aleksandar.

Vitali soltou um prolongado suspiro.

— Receio que precisamos sacanear o Boris, isso é o que vamos ter que fazer.

Com sorte seria coisa do inchaço e não haveria lesões significativas, mas a verdade é que Alberti não via merda nenhuma com o olho esquerdo. Se tropeçou, isso sim, foi por se virar para a porta da casa e para os gritos da sua mulher, em vez de continuar avançando. Como se com a expressão caolha e nauseada que exibia pudesse lhe haver transmitido alguma calma. Como se na noite anterior ela não houvesse visto o mesmo homem que agora o levava, batendo nele até o vômito. E visto também que ele se deixava surrar tal como nesse momento se deixava arrastar, porque na verdade é pouca a oposição que se pode antepor a um delegado.

– Levanta, imbecil – murmurou Rodríguez entre os dentes, agarrando-o ao mesmo tempo pela ombreira direita do casaco.

Alberti ficou de quatro e daí tomou impulso para se erguer, tropeçou ao virar, mas conseguiu percorrer sem novos incidentes e em sete saltinhos descompassados os escassos metros que o separavam do carro.

– Onde está me levando? – perguntou, uma vez dentro, girando o olho bom em direção ao vidro para se despedir de uma porta fechada, pois sua esposa já havia se metido na casa a fim de chorar abraçada ao menino ou se precipitar para o telefone e descobrir que na realidade não tinha a quem denunciar algo com aquela ligação.

O delegado pôs o carro em movimento, deu uma volta de cento e oitenta graus, encaminhou-se para a estrada. Não respondeu nada enquanto não passaram a velha fábrica de tinta.

– Vamos para a casa do Valera.

Alberti sentiu uma bola de ar e bílis subir do estômago; esforçou-se para que a coisa não passasse de um arroto.

– Mas... – sondou quando o perigo de devolver o café com leite havia passado. – O Valera está morto, não está?

Rodríguez baixou o vidro, cuspiu o chiclete que estivera triturando entre os dentes, deixou que o carro se enchesse de ar gelado antes de fechar a janela.

– Mortíssimo – assegurou por fim. – Tão morto que só falta enterrá-lo, então o enterramos e ponto final. O problema é a garota, porque vamos ter que entregá-la para a mãe e convencê-la de que foi um acidente.

– Como ele matou a garota? – Alberti se atreveu a perguntar.

– Tiro na nuca, execução sumária.

O policial colocou a mão esquerda entre as sobrancelhas, retirou-a de imediato ao notar o inchaço, a dor surda provocada pelo mais ligeiro contato.

– Filho da puta... – murmurou.

Rodríguez se virou para ele.

– Sim, hoje é um grande filho da puta, mas ontem você cantou tudo pra ele, seu estúpido...

– Ele pôs uma pistola na cabeça do neném – murmurou Alberti, já incapaz de conter as lágrimas. – Pôs uma pistola na cabeça da minha Flor!

Desconfortável, o delegado seguiu com os olhos o riacho que corria paralelo à esquerda do carro. A uns duzentos metros, quando a corrente de água virou para se afastar campo adentro, concentrou-se na estrada e esperou que o choramingo do outro esmorecesse.

– Olha, Alberti – começou então com suavidade, num tom menos amistoso que cínico. – Não digo que tenha sido culpa sua. Digamos que foi sua escolha. E uma pessoa tem que se ater às consequências decorrentes das suas escolhas. Você podia ter resistido, podia ter mentido, sei lá... Ele põe a pistola na cabeça da sua filha e você confessa tudo, e assim encaminha o sujeito direto para o jovem Bardin. E eu respeito essa opção, não há nada mais importante que a família. Mas se hoje acontecer alguma coisa com o jovem Bardin, em parte será responsabilidade sua. Em grande parte. E o velho Bardin não vai perdoar isso, viu? Então reza pra que tenhamos notícias do rapaz até a uma, porque por ora você vai cavar uma cova para dois no jardim do Valera.

Alberti voltou a chorar, agora em silêncio.

– E não podemos ir ajudar o Bardin? – perguntou logo depois, o olhar baixo e o peito agitado pelo soluço.

Rodríguez negou com a cabeça.

– A corporação já se arriscou bastante. Se encontrarem uma saída para esse assunto de merda, terão que fazer isso sozinhos.

* * *

Sexto sentido? Não exatamente, não levando-se em conta o que lhe custou cair da árvore, mas houve algo de notável na convicção que o assaltou pouco antes de se chocar contra o chão. Concentrado na porta do presídio, agitado e esgotado após o momento repetido de ter deixado partir outros dois transportes anteriores à hora marcada, Boris de modo algum percebeu que um carro de polícia estacionava às suas costas. Como também não reparou no oficial que o abandonava e avançava na sua direção até que se mostrou inevitável, o azul do uniforme praticamente engoliu o fundo de serra e asfalto que até então havia preenchido o espelho retrovisor. Mas aí sim, aí a intuição agiu, porque soube, sem nenhuma margem de dúvida, que se tratava de Aleksandar. Por isso, fez o que fez: abriu a porta de repente e saltou para fora. Porque estava convencido de que o outro se achava ali mais como irmão que como tira, lançou-se contra ele e o agarrou pela lapela do casaco e o jogou contra a lateral do seu próprio carro e, sem soltá-lo, olhou fixo em seus olhos com uma expressão que pretendia ser sóbria, mas que, aí voltava o sexto sentido ou a perspicácia ou como se queira chamar isso, devia parecer muito mais próxima da demência.

Aleksandar, de qualquer modo, não fazia menção de se libertar ou de opor a mínima resistência física. Apenas o observava. E em silêncio, como que o convidando a se justificar.

Boris respirou fundo algumas vezes, afrouxou a pressão contra o peito do irmão, afastou-se dele alguns centímetros.

– Você veio me pedir que eu não faça o que vou fazer, não é? – perguntou por fim.

Quando Aleksandar negou com a cabeça, Boris o soltou completamente. Ambos se endireitaram.

– Vim te pedir que faça algo muito mais urgente.

Boris virou a cabeça para a esquerda, percorreu o muro com o olhar até desembocar no portão metálico que agora o mantinha de novo estanque, lamentou não estar usando relógio, mas decidiu que também não devia passar muito das dez.

– Urgente como o quê? – Aleksandar hesitou, sem saber como organizar os dados para obter a reação desejada, a única reação aceitável por parte do outro.

– Iván... – titubeou. – Iván se meteu numa baita confusão. Boris bufou, afastou-se alguns passos em direção ao presídio.

– Esse é o melhor pretexto que te passou pela cabeça? – Sentia que a raiva de uns minutos antes voltava a se apossar dele, concentrou o olhar no chão a fim de se acalmar. – Não é a primeira vez, sabe? Não...

– Pode ser a última – interrompeu-o Aleksandar, e de imediato se arrependeu do drama vazio da frase.

Mas Boris já regressava para encará-lo.

– Do que você está falando, cacete? – De novo, encurralou o irmão contra o carro, agarrou-o pelos dois lados da mandíbula, como se tivesse pretendido enforcá-lo e na última hora se arrependesse e colocasse as mãos uns centímetros acima do pescoço. – Que história é essa? O que...?

E a terceira intuição chegou. Uma expressão fugaz atravessando os olhos de Aleksandar, talvez a aceitação de que sua própria posição havia desmoronado a partir do momento em que o irmão apareceu. Fosse uma coisa ou outra, meio segundo antes que tudo mudasse soube que estava prestes a mudar. Que ia partir do presídio em poucos minutos, que jamais levaria a cabo sua vingança porque ela havia sido jogada a partir de um blefe fora de hora, que não tinha sentido continuar resistindo, porque as melhores cartas já não se encontravam no maço.

E, a seguir, a concretização de sua intenção: Aleksandar elevando os antebraços, libertando-se daquela chave desesperada, continuando o movimento a fim de lançar ambas as palmas para a frente e acertá-lo em cheio no peito.

Caiu de bunda, mas a dor correu para se concentrar vários centímetros acima. Levou uma das mãos às costas, com a outra buscou o equilíbrio a fim de não rolar de lado no asfalto. Resistir, efetivamente, não tinha o menor sentido. Levantar-se também não, com certeza.

– Vai deixar de babaquice e me seguir?

Boris suspirou, apertou os dentes como se aquilo pudesse de verdade fazê-lo suportar melhor a dor metálica que lhe atravessava a região lombar tal qual um arame, negou lentamente com a cabeça.

– Vamos no seu carro, depois voltamos para buscar o meu.

Aleksandar deu alguns passos na sua direção, ofereceu-lhe as duas mãos.

– Vem... – murmurou enquanto o ajudava a se pôr em pé.

Alberti havia visto e cheirado os cadáveres. No caso da prima Bardin, inclusive, recolhera do chão da sala dois ou três pedacinhos de osso e cabelo vermelho e endurecido, que ele colocara de volta no lugar correspondente. Mas não havia quem remontasse o quebra-cabeça, já estava irrecuperavelmente quebrado, e agora Alberti deixava de cavar repetidas vezes, firmava a pá contra o corpo e passava a esfregar as pontas dos dedos nas laterais da calça. Como se existisse algum modo de se livrar da morte. Como se aquele cheiro fétido já não se encontrasse em sua pele, sob suas unhas, entre as paredes do seu cérebro e dos seus pulmões, esperando apenas que ele acabasse o buraco para lhe arrancar definitivamente o fôlego e fazê-lo cair nas entranhas da terra.

– Vamos, Alberti! – impacientou-se Rodríguez quando à falta de ação se somou uma nova onda de lágrimas. – É pra hoje, caralho!

Mas seu subordinado já não o escutava. Ao desabar de joelhos, cravou o cabo da ferramenta nas costelas, gemeu, e com a mão deu um golpe carregado de raiva para afastá-la do seu corpo. No chão, jogou-se para a frente, afundou as mãos no acúmulo de terra negra e pegajosa e as manteve ali enterradas durante vários segundos enquanto seu tronco era vítima de um tremor histérico.

    O delegado olhou o relógio, passava das dez e meia havia tempo. Virou-se e se afastou alguns passos, parou num dos cantos do descuidado jardinzinho. Tirou o pacote de chicletes do bolso do casaco, levou um à boca e o esmagou entre os dentes para sentir a explosão da menta na raiz da língua. Certificou-se de que ninguém se aproximava pela estrada, seguiu à esquerda a cerca enferrujada com que Valera havia protegido aquele lote metade deserto e metade mato, parou para contemplar a árvore que de fora do cercado dava sombra e intimidade ao lado oposto. Quando voltou a se virar, Alberti se encontrava a meio metro dele, a pá levantada e uma expressão inédita deformando seu rosto sulcado por fendas escuras de choro e terra.

    – De verdade eu sinto muito... – murmurou antes de lhe arrebentar a cabeça.

Aleksandar pisou no freio, saiu da estrada ainda com velocidade demais, recebeu a buzina grave e prolongada do caminhão que vinha atrás. Quase ao mesmo tempo, enquanto evitava o desnível de cascalho, ouviu uma pancada na parte de baixo do veículo; na intenção de controlá-lo o mais rápido possível, fez com que derrapasse, acabou parando em meio a uma nuvem de pó e vários pequenos espasmos do motor.

    – Desculpa, não queria passar direto... – justificou-se.

    Boris negou com a cabeça.

    – Tudo bem...

    Depois de três tentativas, o carro voltou a andar. Quando isso ocorreu, Aleksandar o conduziu suavemente por vinte metros margeando a estrada, foi estacioná-lo à sombra de algumas árvores. Atrás delas, do outro lado das duas pistas asfaltadas, o estacionamento do bar do Turco se mostrava praticamente vazio, apenas quatro carros e uma Kombi.

– Você reconhece o do Iván?

Boris ficou em silêncio para que seu irmão não tivesse outra opção a não ser se virar e enfrentar seu ostensivo gesto de incredulidade.

– E eu lá vou saber que carro tem o Iván, cacete... – disse, tendo alcançado seu objetivo. – Além do mais, desde quando o Iván tem carro?

Aleksandar deu de ombros.

– É melhor a gente ir entrando – propôs, abrindo a porta.

– Que horas são?

Aleksandar olhou o relógio.

– Quinze para as onze...

– E qual é o plano?

Aleksandar suspirou, pôs as palmas sobre o volante, apertou os lábios.

– O sujeito não nos conhece nem nos espera. Não sabemos que cara ele tem. Então estamos empatados. Entramos, pedimos uma cerveja, esperamos que o Iván chegue...

– E ele vai chegar tarde – interrompeu-o Boris.

– E ele vai chegar tarde – repetiu o irmão. – E aí...

– Aí improvisamos.

– Se você já sabe tudo, pra que pergunta, cacete?

Boris deu um sorriso amarelo:

– Pro caso de você ter tido uma boa ideia.

– Não, não tive uma boa ideia. Podemos ir agora? – Aleksandar pôs um pé fora do carro.

Boris concordou.

– Podemos.

Aleksandar se dirigiu à parte traseira do veículo, tirou o casaco, fez uma bola com ele e o meteu no porta-malas. Do seu interior extraiu a seguir um blusão castanho; enquanto o vestia, fez um sinal ao irmão para que ele se aproximasse.

– Qual você quer?

Boris se debruçou por cima do capô, olhou as pistolas como se não reconhecesse a forma e a partir daí ignorasse tudo sobre sua função.

– Você acha mesmo que vão fazer falta? – perguntou, o olhar fixo nas armas.

Pela quarta ou quinta vez nos últimos quinze minutos, Aleksandar se sentiu tentado a lhe revelar toda a história. Mas mencionar Valera e a prima, concluiu mais uma vez, ia conduzir a situação a um nível diferente. Que a coisa acabasse naquela manhã da forma mais limpa possível, e logo haveria tempo para que fizessem sua entrada a dor e a raiva, especialmente o desejo de vingança. Ainda mais quando seu irmão parecia estar recuperando o humor, como se de repente houvesse tirado um peso das costas.

– Melhor prevenir do que remediar – respondeu.

– O.k. – Boris aceitou e, pegando as duas pistolas, uma em cada mão, cedeu ao irmão a opção de escolher. – Não são oficiais. De onde saíram?

– Rodríguez... – respondeu Aleksandar enquanto escolhia a arma da esquerda e, para não ter que incorrer em maiores explicações, acrescentou: – Pronto?

– Pronto – repetiu Boris.

Aleksandar trancou o porta-malas, meteu a pistola na parte da frente da calça, fechou por cima o blusão.

– Vamos andando...

– Álex... – inquiriu Boris enquanto cruzavam a estrada a passo acelerado. – Você treinou com o Bortorelli?

– Bortorelli, o veado?
– Bortorelli, o veado...
– Treinei alguns anos.
– Você se lembra do que ele dizia?
– O veado do Bortorelli dizia muitas coisas...
– Para – exigiu Boris a apenas cinco metros da entrada do bar. Aleksandar o olhou nervoso.
– O que você quer agora?

Boris se aproximou dele como procurando mais intimidade, segurou-o pelo braço:

– O que o Bortorelli dizia era – sussurrou-lhe ao ouvido, aflautou a voz – "Quero vocês orgulhosos de entrar em campo, quero vocês no ataque, mas, quando for preciso jogar na retranca, joguem na retranca, caralho!"

Aleksandar se limitou a concordar com a cabeça, o olhar perdido. De repente mudou de ideia, passou-lhe a mão atrás da nuca, apertou a testa contra a sua.

– Toma cuidado, irmão.

Boris se agarrou com força à manga do seu blusão.

– Você também. – E, ao notar que se emocionava, acabou sussurrando: – Puta que pariu...

O dinheiro. A Argentina está cheia de dinheiro. Não fazemos outra coisa senão fabricá-lo, reparti-lo, trocá-lo e manuseá-lo até que perde o brilho, aí desvalorizá-lo e convertê-lo em papel higiênico e, por último, quando cheira forte, quando o toque se torna tão nojento que não podemos mais usá-lo, nós o jogamos no ralo e começa tudo de novo. A cada seis anos quebramos o mercado, sim, mas em tempo de crise, quando no fim da semana recebemos o salário nas nossas mãos, desfrutamos finalmente o peso de ser milionários. Um segundo de sonho antes que apareça o pesadelo, quando as notas escorrem entre os seus dedos e você acorda lembrando que pertencerá ao Primeiro Mundo desde que tenha começado a conta imediatamente depois do Primeiro Mundo.

 Irônico, o dinheiro. Quanto mais te dão, menos valor tem. As normas já vieram prontas, o que você vai fazer com a dor quando não tem remédio? Então voltamos com a cabeça baixa para o matadouro, a fila na porta do banco como esporte nacional.

 O dinheiro estava num banco. O dinheiro está em outro banco. O dinheiro é sempre o mesmo. O dinheiro circula pelo país como o sangue por todos os cantos do corpo. E, porque são sempre os mesmos que sofrem as embolias, um dia você pensa: cara, o que aconteceria se desviássemos a corrente, o que aconteceria se a enganássemos com um bypass...?

Bardin tem a ideia, Valera e Alberti contribuem com a logística da nova canalização arterial.

O dinheiro que estava no primeiro banco é sacado. No carro-forte, como sempre, todas as sextas. Dinheiro estadual para cobrir adubos e pesticidas, e mais alguma outra merda. Um primo que trabalha na prefeitura liga para as empresas: o governo se atrasou com os pagamentos, vocês nos quebram essa e pagamos vocês na semana que vem? Ao preço da semana que vem, claro... Perfeito, obrigado.

Sacam o dinheiro, mas para devolvê-lo com juros. Na segunda, trocariam a moeda pátria por dólares através de um contato na capital, a moeda pátria que continuaria indo à merda na terça, quarta, quinta... até que na sexta destrocariam o equivalente à dívida. Porque o austral pesa mais que o dólar, porque o afundar de um e o flutuar de outro são inversamente proporcionais; mesmo saldando a dívida a preço da segunda semana, saíam ganhando... E não mexeriam mais no lucro, porque George Washington tingido de verde é a melhor segurança que se pode comprar com dinheiro.

Mas na segunda, antes de poder fazer o depósito, recebem uma ligação do contato da capital. E o contato da capital lhes diz que suspenderam a troca por dólares, oficialmente, não tem jeito. Que os austrais vão evaporar, porque a desvalorização está vindo como a grande onda australiana. Dito e feito: na quinta fazem as contas, com o que têm não cobrem a metade do que devem.

O primo anda histérico, vai falar facilmente, é melhor correrem se não quiserem acabar curvados recolhendo sabonetes num chuveiro institucional. E então Bardin tem outra ideia, esperto como ele é: roubar o segundo furgão, cobrir o pagamento do primeiro, que o seguro do Estado se encarregue dos adubos e pesticidas e demais merdas da semana em curso.

Então roubam seu próprio transporte. Então o primo encara o pagamento e não abre a boca. Então o dinheiro da segunda limpa está no banco. E o dinheiro da primeira... nem para passagens de metrô deve ter dado, fico mal só de pensar numa coisa dessas, Argentina.

Por isso me nego a fazer as contas durante o tempo que passo acordado, mas ainda deitado, sentindo falta do cheiro de batata frita nos lençóis, assoando pedacinhos de sangue coagulado na sua dobra para não ter que ir até o rolo de papel do banheiro. Por isso me ponho a cantar Charly debaixo do chuveiro, nos siguen pegando abajo e el karma de vivir al sur, cantarolando na verdade, enquanto faço a mala e desço as escadas e fecho a conta com a zeladora, não vou de trem, vou de avião, e ela, como se o próprio fantasma de Canterville tivesse se plantado na sua frente, se apressa em me preparar o recibo, e o assina e diz pronto, e eu estou prestes a ir embora com a música para outra parte, mas, ao me virar, reparo no calendário com os dias riscados e não posso com a minha sina, tenho que lhe perguntar, hoje é dia 15, senhora? E a mulher, como se eu tivesse acabado de exigir sua bolsa: é, 15. E aí engulo o Charly e arregalo os olhos e digo merda, mas logo me consolo: pior que o 13 não será. E, se for, amigo, vou ficar tão moído que alguém precisará recolher meus pedaços; não resisto a mais uma dessas.

Nuvens a oeste, alongadas e convexas, tubos escuros que não vão passar ao largo porque não vão chegar a passar, cravadas como estão sobre a serra. Guardo a mala no carro, sento ao volante, murmuro Lola cada vez que desejo ligar para ela, mas sei que não devo. Não devo porque acabaria por não dizer nada e o meu silêncio diria tudo: que alguma coisa está a ponto de acontecer, que poderia ser mais grave e que sou um cagão, que no fundo necessito ouvir a sua voz para sentir que tudo vai bem e acreditar que, se as coisas começarem a ir mal, logo ela aparecerá para colocá-las na linha. Claro, digo Lola porque aos quarenta e três anos dizer mãe não é coisa de Deus. E porque também nunca fui partidário de apelar para os mortos. Sei por experiência que alguns se mostrarão encantados de te responder, e a exclamação não deixaria de ser retórica, viu, mãe? Deliciosos os seus nhoques, como sempre... Dirijo os dois quilômetros sem pensar grande coisa. Piloto automático ao volante e piloto automático para o que tenho que fazer. Dirigir, precisamente. Levar Bardin comigo. Dirigir muito mais. E, caso na capital queiram os outros, que mandem a cavalaria. Desde que o cagão do Custer não tenha feito ainda um churrasco com a montaria. Habibi, à esquerda. Aberto porque não fecha nunca. As putas trabalham de noite, e os clientes não irão embora sem tomar o café da manhã e, cacete, já que estamos com a mão na massa, vamos preparar um churrasco. É a ética turca de trabalho e o contrafilé não é ruim, que mais podemos pedir? Deixo o bar para trás, meio quilômetro, faço a volta, regresso a fim de confirmar que ainda não há nenhum Falcon rural no estacionamento. Que não estão me esperando. Que Bardin será de algum modo identificável.

Estaciono sob o tetinho de palha preta, seguro a respiração com a chave no contato; quando passam quinze segundos sem que ninguém tenha se atirado em cima de mim, tiro a chave e respiro, e tusso, e abro a porta, e cuspo mais muco com sangue. Saio do carro, resisto à tentação de me espreguiçar para que os pontos não arrebentem, fecho o carro e me dirijo à entrada como Gary Cooper a caminho da estação de trem, as pernas tortas e cansadas, o revólver à mão, Grace Kelly e um prato de ensopado de búfalo no horizonte. Inevitável controlar o relógio: vinte para as onze, menos os três minutos que sempre adianto.

Sento à esquerda de quem entra, junto a uma das janelas frontais; jamais serei a primeira coisa que vão ver aqueles que eu já tenha visto chegar. Isto é, a menos que pegue no sono com a testa encostada no vidro. Ao redor, duas mesas ocupadas, não suficientemente perto para cheirar a morrinha de sexo na respiração dos seus ocupantes, mas sim para identificar à primeira vista suas expressões: caras de nada, o olhar voltado para dentro, uma vozinha perguntando que merda fazer quando o café com leite acabar e não restar outra opção a não ser sair para o mundo.

Um veado de primeira o tal Grilo Falante. Preto, puro. E uma medialuna, peço para o cara do balcão quando ele sai do armazém. Tem o mucaco, amigo?, pergunta. Não sei o que é o mucaco, respondo. Então não tem, deduz dando de ombros. Mulher, cama e comida, esclarece um dos caras de nada, o mais próximo a mim. Não, não tenho, afirmo para o balcão. Uma pena, lamenta o cara de nada; é como se te cobrassem só a cama e a metade da mulher. Pra que eu quero uma mulher pela metade, cacete, murmuro virando a cabeça em direção à janela. Mas ele me ouviu, ri, também para dentro, como se tossisse, decidindo sem dúvida com qual cinquenta por cento da sua mais recente companheira ficaria.

O cara do balcão põe o café na minha frente, e depois o pratinho com a medialuna, me observa. O que aconteceu contigo, amigo? Banha, respondo. Como não entende, levanto o pratinho: não tem medialuna de banha? Vira-se, confere algo que da minha posição não se vê e que possivelmente na verdade não existe, volta: não, hoje só de manteiga. Deixo o pratinho na mesa: pena. E o que aconteceu contigo?, retoma a conversa. Nego com a cabeça, tomo um gole de café: é uma história muito comprida. Ele sorri, por um momento penso que vai se mover, mas continua ali, em pé, parado até que não volto a lhe dirigir o olhar. Entre os dentes: o que eu quero, amigo, é me certificar de que o seu "acidente" não teve nada a ver com nenhuma das nossas garotas, que está tudo bem e que não vai haver nenhuma confusão no estabelecimento. Mostro as mãos para ele, as palmas para cima: nada a ver com as garotas, tudo bem e nenhuma confusão, tomo o café e me mando. Certo, concorda, e se afasta como se tivesse acabado de anotar o meu pedido. Cara de nada não tira os olhos de cima de mim, passo inicial para o esclarecimento de praxe: para serem putas, aqui dentro tem muitas que são casadas. E, para serem casadas, lá fora tem muitas que são putas, acrescento. Porque posso nunca ter saído do país, mas sou vivido, cacete.

Nisso o meu olhar se dirige para a janela, porque dois sujeitos acabam de cruzar a rodovia, estão atravessando o estacionamento, vão em direção à entrada do bar. Param a três metros, os dois são altos, mas há um mais baixo, e é esse que segura o outro pelo braço, comenta algo ao seu ouvido. O outro faz que sim com a cabeça, como pensando melhor na garota que o espera aqui. Mas, de repente, agarra o primeiro pela nuca, apoia testa com testa, fecha os olhos com força. E então sei que aqui nenhuma garota o espera, porque no movimento do braço o blusão se levantou para revelar a cintura, uma linha branca de camisa interrompida pela culatra de uma pistola. Sim, poderia ser um marido ciumento. Mas não parecia.

Espero que entrem para me pôr em pé, o mais baixo intui com o rabo do olho o movimento de sacar a arma, vira-se na minha direção enquanto leva as mãos às costas. Nossos olhares se cruzam. Se isto fosse um Peckinpah, o primeiro plano revelaria como franzo a sobrancelha esquerda, pouco mais que um tique, mas o suficiente para transmitir a mensagem: não faça isso, cara, tenho um ás de paus e o de espadas se encontra faz tempo sobre a mesa. Mas o sujeito não está atento ou não viu muitos filmes de faroeste ou não sabe merda nenhuma de jogar truco. Porque as suas mãos ficam à vista novamente e numa delas há uma mancha negra e metálica, e aí não me resta outra opção a não ser disparar primeiro. Uma, duas vezes: peito e boca do estômago. Cambaleia; ao se virar na direção do tiroteio, o alto impede a queda com seu próprio corpo, mantém o outro direito. E o grande imbecil tenta repetir a jogada, levanta a arma contra mim. Então disparo de novo, mas algo falha, porque é uma sombra, e não ele quem desaba. Cara de nada, que tentava escapar da frigideira cruzando por entre as brasas. Besta ao quadrado e eu somando pontos para aumentar a aposta, porque me distraio até que noto o calor e a pontada e a umidade morna no braço. Então não posso conceder mais oportunidades, a quarta bala acerta a testa e ali se crava, e enquanto o tipo vai caindo com os três olhos abertos, eu já verifiquei que não há ninguém atrás do balcão com intenções tão ou mais tortas que as minhas. Então regresso à dupla, um morto no chão e o outro ajoelhado junto ao corpo, as mãos dançando por cima dele num querer tocar e não saber como, e num desejar que o que não faz sirva para alguma coisa, embora comece a intuir, e de fato já está sabendo, que não há mais nada que se possa fazer.

Três passos me separam deles. Ponho-lhe a pistola na têmpora, ele tem um sobressalto porque o cano deve estar ardendo, mas nem assim me dirige o olhar, ele o mantém fixo no cadáver enquanto as lágrimas lhe inundam os olhos e escorrem pelo rosto.

Me dá a arma, digo. Devagar, digo. Dedico um segundo à mancha vermelha do meu braço esquerdo, mas volto a prestar toda a minha atenção nele e recuo trinta centímetros quando começa a abrir o zíper do blusão, quando extrai o revólver da calça e o levanta pela culatra para que eu o tire da sua mão e o guarde no bolso da casaco. Me dá a outra também, digo. Ele procura a arma, a vê junto ao corpo, se estica para pegá-la e repete o processo. Bardin?, pergunto então. Bardin?, repito. E aí ele levanta a cabeça e me olha. Chora. Não diz nada. É capaz que eu tenha me enganado. É capaz que sim, que fosse um marido ciumento. É capaz que esse seja um trabalho de merda e eu um imbecil filho da puta. Mas não dá para eu me flagelar demais, porque finalmente faz que sim com a cabeça. Bardin, murmura passando a mão pelo rosto do morto. E você?, suspiro. O irmão, diz.

Saio para o estacionamento. Que se dane o ensopado de bisão. Entro no carro, faço um torniquete com o lenço manchado de muco e sangue, agora mais sangue que muco. Dois minutos, onze e dois, ninguém veio atrás de mim e ninguém virá possivelmente. Mas é melhor não lhes dar chance. É melhor ligar o motor, é melhor dar marcha à ré, é melhor apertar os dentes para suportar as pontadas do braço estropiado. É melhor pegar a estrada. E dirigir. Dirigir.

Dirigir porque sim, porque nesta merda de país você sempre acaba perdendo algo, mas sempre te resta algo que você mataria para conservar.

Lola...

Apesar dos pedidos dela e das suas próprias promessas, que repetira apenas alguns segundos antes, Aleksandar gozou dentro. Foi um orgasmo breve, ridículo, chegou a pensar, uma fagulha que o levou a fechar os olhos e contrair a mandíbula, fato do qual Leticia não foi testemunha por se achar de quatro, de costas para ele, as pontas do seu cabelo à la Louise Brooks tremendo ligeiramente a cada um dos embates que suas nádegas recebiam. Por isso Aleksandar pensou em fingir, continuou se movendo durante mais alguns segundos, aproveitando que não perdia a ereção. Logo decidiu que dava na mesma, que não tinha como simular um novo orgasmo fora, sobre as ancas, e muito menos na cara, onde, sim, era permitido, na barriga ou sobre seus peitos de adolescente. Saiu de dentro dela e depois da cama, caminhou até a janela.

– O que você está fazendo? – A surpresa durou pouco; assim que entendeu, levou uma mão à vagina e daí ao nariz, fechou a cara e saiu em disparada rumo ao banheiro, enquanto murmurava: – Filho da puta, desgraçado...

Ele voltou a dirigir a atenção para o vidro, um quadriculado de mundo desvanecido pelo branco leitoso da cortina. Também pela tempestade de primavera, que de novo transformava a Avenida Córdoba num cemitério de automóveis reluzentes, as buzinas constantes como coro do além, algum pedestre driblando o labirinto de metal para alcançar a outra margem e, talvez, um destino onde a hora e sua presença ainda fossem de alguma importância.

Na calçada oposta, ao longo da parede da faculdade, cartazes de propaganda política se despedaçavam sobre outros cartazes de propaganda política igualmente despedaçados e de tendência inversa ou paralela; dava na mesma. Muro de papel, apodrecido não necessariamente pela umidade, mas ainda assim rígido, como o edifício do lado e o de trás e todos os que se elevavam quadra após quadra até a aparição do rio.

O rio.

Aleksandar precisava de ar, mas a chuva torrencial e o bando de carros desaconselhavam o trajeto de costume, por Larrea até Alcorta e daí Casares e a Costanera, a água e sua ilusão de espaço, a possibilidade de que a memória não houvesse sido mais que um sonho ruim e, por um instante ao menos, tudo continuasse como antes.

Virou-se em direção ao abrir da porta do banheiro por necessidade, mais para distrair a angústia que por estar interessado na expressão acusadora de Leticia, breve porque imediatamente ela baixou o olhar, apressou-se em recolher os sapatos e se sentou na beirada da cama para colocá-los.

– Está chovendo – comunicou.

Ela levantou a cabeça, não disse nada, regressou ao pé direito, segundo nó, já.

Aleksandar notou um formigar, o insinuar-se de uma nova ereção alimentada pela raiva, a de Leticia ou a sua própria, dava na mesma. O vital, pensou, é que aí, nesse exato instante, podia acabar de mandar tudo à merda. Dar três passos na direção dela, agarrá-la, virá-la, levantar a saia e afastar as calcinhas, penetrá-la à força, ouvi-la gritar, fazer o maior estrago possível...

Fazer o maior estrago possível...

O telefone tocou, ela se pôs em pé.

O telefone tocou, ela se dirigiu para a segunda porta do aposento, a que dava para o corredor acarpetado e mofado, para o elevador e para as escadas.

O telefone tocou seguido por um bater de porta.

Aleksandar levantou o fone.

– Alô...

Do outro lado da linha demoraram em responder; se não desligou foi porque a estática lhe indicava que havia alguém. E sabia que esse alguém acabaria por falar.

As pessoas sempre acabam falando.

– Álex? – ouviu-se à distância.

– Quem te deu este número?

– Álex, não desliga... Você está bem?

Aleksandar negou com a cabeça, sentiu que seus olhos se enchiam de lágrimas.

– Estou bem.

– ... os teus filhos.

– O quê?

Seu pai repetiu, dessa vez sem interferência:

– Que os teus filhos estão aqui, querem te dizer oi.

Aleksandar inspirou pesadamente.

– Você nos mandou para a guerra, pai – aguardou; não obtendo resposta, porque não tinha muito mais que acrescentar, repetiu: – Você nos mandou para a guerra.

– Todos sofremos com o que aconteceu, Álex. Todos continuamos sofrendo...

– Para... – Com o dorso da mão livre secou os olhos, esfregou o nariz, fixou o olhar na cama desfeita. – Você tem razão. Não foi sua culpa. Não foi culpa do Rodríguez. Teríamos ajudado o Iván de qualquer modo.

– É teu irmão... – confirmou Vitali.

– E salvamos o Iván, não é? O Boris levou suas balas, nós dois demos tempo para que ele escapasse. Sabe por onde ele anda?

– Não... – Seu pai havia hesitado: talvez estivesse mentindo, talvez simplesmente houvesse se surpreendido com a pergunta.

– Dá na mesma. Fizemos o que tínhamos que fazer e agora estamos todos sofrendo. Porque a vida é uma merda e essas coisas acontecem.

– Exatamente. E o que você tem a fazer é voltar, Álex. Voltar para casa.

Aleksandar limpou a garganta.

– Não posso, pai.

– Por que não pode?

Esperou alguns segundos. Esforçou-se para pensar, embora não fosse encontrar a explicação que lhe solicitavam. Quando decidiu que não estava nem aí, quando sua cabeça se moveu de um lado para o outro a fim de encenar a negação, resolveu que era o momento de desligar o telefone.

Tirou o cabo da parede.

Murmurou:

– Simplesmente não posso.

Agradecimentos

A Ania.
À minha família.
Aos primeiros leitores desta obra, pelo apoio e pelas sugestões: Manu González, Álex Gil, Banessa Pellisa, Javier Querol, Fernando Fernández-Escalante, Mario Krmpotić, Ricardo Ruiz, Cecilia Blanco Pascual, Miquel Vilella e, *last but not least*, Eduardo Hojman.
A Sandra Bruna e sua equipe.
A Antonio G. Iturbe.
A *Qué Leer*, *Fotogramas* e *Go Mag*.
A Francisco Casavella, por insistir que eu disparasse estas balas.
A Horacio Vázquez-Rial, Mario Levrero e Cormac McCarthy, pelas paisagens.
A Charly García, Bruce Springsteen e Centro-Matic, pela trilha sonora.
A Joaci Pereira Furtado, pela confiança neste livro.
A Daniel Abrão, por mantê-la com entusiasmo.
A André de Oliveira Lima, pelo empenho com a tradução.
E a meu amigo Michel Tikomiroff, a quem devo mais de uma.

Sobre o autor e o tradutor

Milo J. Krmpotić nasceu em Barcelona, em 1974. É autor de três romances juvenis e três adultos. Atualmente é redator-chefe na revista *Qué Leer* e colaborador da *Go Mag*.

André de Oliveira Lima, formado em Editoração e Letras pela Universidade de São Paulo (USP), é editor e tradutor.

Este livro, composto com tipografia Electra e diagramado pela Alaúde Editorial Limitada, foi impresso em papel Pólen Rustic Areia oitenta e cinco gramas pela Ipsis Gráfica e Editora Sociedade Anônima no centésimo trigésimo segundo ano da publicação de *Os irmãos Karamazov*, de Fiódor Dostoiévski.

São Paulo, julho de dois mil e doze.